I0659225

www.ingramcontent.com/pod-product-compliance
Lightning Source LLC
Chambersburg PA
CBHW050801250626

47155CB00005B/2163

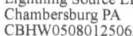

* 9 7 8 1 9 3 7 4 1 7 9 4 9 *

בערל קאָטלערמאַן

די אָפּגעשטויסענע

בערל קאָטלערמאַן

די אָפּגעשטויסענע

אַ שפּאַנענדיקע דערציילונג
פֿון ווײַטע מדינות
וואָס האָט זיך אָפּגעשפּילט
מיט אַ הונדערט יאָר צוריק

Yiddish Branzhe
ניו־יאָרק
תשע"ט - 2019

בערל קאָטלערמאַן
די אָפּגעשטויסענע

Berl Kotlerman
FORSAKEN

אינעם בוך איז אָפּגעהיט געוואָרן
די אָריגינעלע סטיליסטיק פֿונעם מחבר

Copyright © Ber Kotlerman, 2019

The Şitnovitzer-Schmidt-Hecht
Project for Yiddish Religious Writings

Editor – Boris Sandler

Design and Layout by Boris Budiyanskiy

Illustrations: R. H. Cobbold, Pictures of the Chinese,
Drawn by Themselves (London 1860)

Cover illustration: Rabbi Aharon Moshe Kisilev by Yakov
Lifshitz, Harbin, 1936-37

ISBN: 978-1-937417-94-9

יהורם אולמאן
ראב״ד בד״צ דסידני והמדינה

בעזהי״ת

הובא לפני החיבור החדש בלשון אשכנז בשם **די אויסגעשטויסענע** מאת איש מדע וספרות ה״ה **פרופסור דב-בער קאטלערמאן** יצ״ו שהנני מכירו שנים רבות כידיד נאמן ויושב אוהלים ששמו הולך לפניו ופועלו כבר נודע ברבים. ראיתי ושמחתי בראותי יצירה בת זמננו בלשון שכמעט ואבדה לאבותינו ולנו בחורבן הגדול והנורא, אך ראו פלא זה שעוד מהלכים בינינו שומרי החומות ומחברים חיבורים בשפת יידיש הקרובה ללבבות חובבים. כך הוא החיבור דנן אשר משדך שידוך נאה בין סוגה שנונה המכונה **שפאנענדיקע דערציילונג** לבין דברי תורה גדושים ועמוקים תוך הבאת מקורות חשובים ומאלפים מהגמרא ומרבותינו הראשונים ומגדולי הפוסקים בדורות האחרונים ובמיוחד מדבריו תיקרים של **הגאון מוה״ר אהרן משה בר׳ שמואל יוסף קיסיליאוו זצ״ל** רבה של ק״ק כארבין ומנז׳וריה עד שנדלדלה הקהילה הנדירה הזו וחלפה מפני האדמה עם השתלטות החמונים הנבערים על ארץ סין העלובה. אף נושא החיבור בהתרת עגונה מן החשובים הוא שהרי מצווה גדולה היא מאז ומתמיד וכל טעות בשיקול דעת ח״ו לכאן ולכאן עלולה לגרום לנזק ולסבל. ומבין השיטין ניכרת השקעת המחבר בהעברת רוח המקום והזמן של אותם המחוזות הרחוקים שפעם היו בהם חיים יהודיים וקול לשוננו נשמע בעריהם וחוצותיהם עד שנהפכו למדבר שומם ואין מי שיענה לברכת שלום עליכם. ובכן משאלתי היא שכתב הסכמה זה יהיה לעזר לכבוד המחבר ושיפוצו מעיינותיו חוצה וימשיך להרוות את הצמאים ולזכות את המבינים בעוד ספרים וחיבורים, רציניים ומבדרים, ובלבד שלא תישכחנה לעולם לשוננו היהודית ודרכה המיוחדת לקרב את עמנו לאבינו שבשמים.

החותם פה ק״ק סידני ביום כ״ה אייר שנת תשע״ט לפ״ק

יהורם אולמאן

יהורם אולמאן
ראב״ד בד״צ סידני והמדינה

אינהאַלט

וכל מי שמתיר עגונה אחת בזה"ז כאלו בנה אחת מחרבות ירושלים

(שו"ת בית חדש החדשות)

ברוך: געלויבט ביסטו און געלויבט איז דיין נאמען: געלויבט ביסטו אין ירושלים און בית המקדש וואס וועט דא געבויט ווערן פון אבנים טובות און אלע בערג וועלן טאנצן און שפרינגען און זינגען פאר ישראל ווען זיי וועלן דערלייזט ווערן: און דריי מויערן וועלן ארום זיין איינער פון גאלד און איינער פון זילבער און איינער פון אבנים טובות פון אלערליי פארבן און יעדער מויער וועט ברייט זיין זעקס איילן און פאר די מויערן וועט ברענען פייער: און הונדערט און צוואנציק טורעמס פון אבנים טובות וועלן זיין דערין און צוויי הונדערט דריי און ניינציק טויערן און צוויי טויזנט און דריי ברונעמס און טויזנט איין הונדערט פיר און אכציק גערטנער: און בית המקדש וועט שטיין אויף פיר שיינע בערג בארג סיני בארג תבור בארג חרמון און בארג כרמל און וועט ער זיין העכער פון אלע בערג און פון אלע געביידעס: און טויזנטער מלאכים וועלן לויבן און באקרוינען דיין נאמען טאג און נאכט ובפרט אין דעם טאג פון הייליקן שבת מיט אלערליי געזאנגען מיט דעם קול וואס מען האט געהערט אויף דעם בארג סיני אז מען האט באקומען די הייליקע תורה און די גאנצע וועלט האט געציטערט: געלויבט ביסטו מיט דעם שופר פון משיח ווען ישראל וועלן דערלייזט ווערן און די מתים וועלן לעבעדיק ווערן און דערוויסן אז השי"ת מאכט טויט און לעבעדיק און ברענגט די רשעים אין גיהנום אריין און נעמט זיי ווידער ארויס: געלויבט איז ער אין די זעקס טעג פון דער וואך און נאך מער אין דער קדושה פון שבת: ווי דער הייליקער שבת איז מער חשוב פון אלע טעג, אזוי איז דיין פאלק ישראל איז מער חשוב פון אלע פעלקער: געלויבט ביסטו גאט וואס האט געהייליקט זיין פאלק ישראל און דעם טאג פון שבת אמן:

(איין שיינע פארגעסענע תחינה)

К.В.Ж.Д.

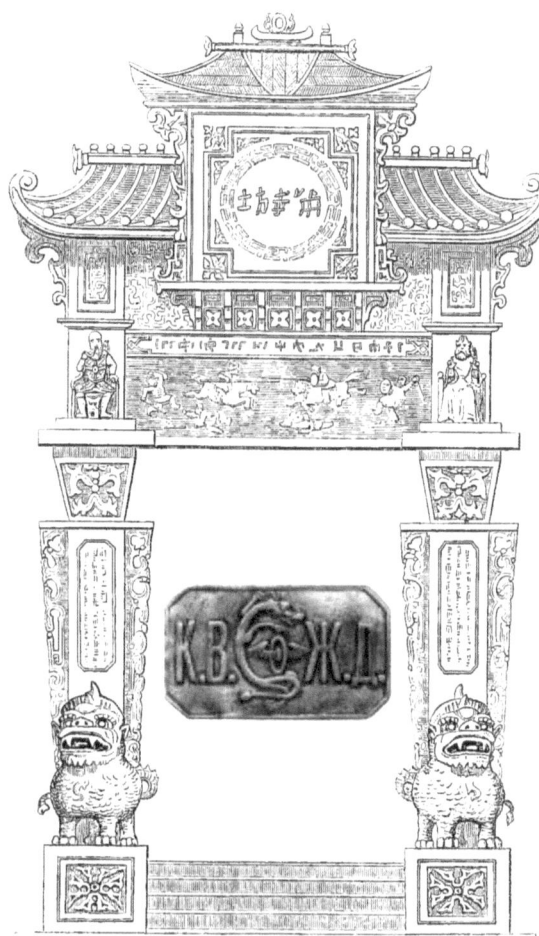

קאַפּיטל 1

המשכיל בעת ההיא ידום.
די ק״ק מאַנזשוריע אין די
אָנהייב 1920ער יאָרן

דער דוכאָוונער רבֿ פֿון דער סטאַנציע מאַנ־זשוריע ר׳ דבֿ־יהודה דײַנאָ האָט אויסגעפֿילט אויף זײַן פּאָסטן עטלעכע פֿונקציעס באַ־גלײַך. אַ חוץ זײַנע דירעקטע רבנישע פֿליכטן, האָט ער אָנגעפֿירט מיט אַ קלײנער תּלמוד־תּורה פֿאַר ייִנגלעך, ווי אויך געדינט ווי אַ שוחט. זינט ער איז אָנגעקומען פֿון סלוצק אויף דעם גאָט־פֿאַרגעסענעם אָרט מיט אַ יאָר צוריק לויט דער אײַנלאַדונג פֿון דער קלײנער היגער קהילה, האָט ער זיך געפֿונען אין גאָר אַ דעפּרעסיוון צושטאַנד. גלײַך נאָך זײַן אָנקומען איז אים געוואָרן קלאָר, אַז די קהילה האַלט זיך ווײַט פֿון די עלעמענטאַרע מיצוות, ווי שבת און כּשרות, שוין אָפּגערעדט פֿון אַנדערע, אפֿשר ניט אַזעלכע בולטע, אָבער פֿאָרט ניט ווייניקער וויכטיקע פֿאַר יעדן שײנעם ייִד התחײַבֿותן.

ניין, די מאַנזשורער ייִדן האָבן בפֿירוש באַצאָלט אָן שהי־פּהי זייער בײַשטײַער פֿאַר דער שיל און פֿאַר דעם הקדש, וואָס אין די לעצטע יאָרן איז גע־ווען איבערגעפֿולט מיט היימלאָזע פּליטים. דאָך, אָפּ־

צאַלנדיק זייער רעליגיעזן און נאַציאָנאַלן חובֿ, האָבן אַ סך פֿון זיי פֿאַרגעזעצט צו לעבן אין חטא: אינעם פּלאָנטער פֿון דער ברידער־מלחמה אין רוסלאַנד האָבן זיי עפּעס „פֿאַרגעסן" זייער געזעצלעכע ווײַבער אין די מערבֿדיקע קאַנטן פֿון דער געפֿאַלענער אימפּעריע און זיך צונויפֿגעפּאָרן מיט אַנדערע פֿרויען, וואָס זייער סטאַטוס האָט אויך אַרויסגערופֿן אַ פּאָר גוטע פֿראַגעס. נאָר קיין איבעריקע פֿראַגעס האָט רבי דײַנאָ ניט געפֿרעגט, ער האָט מורא געהאַט אַפֿילו צו טראַכטן וועגן דעם: גיי ווייס, וויפֿל ממזרים האָט שוין פֿאַרשאַפֿן די־אָ לאַגע.

שוין דער ערשטער גט, וואָס דער רבי האָט געדאַרפֿט אויספֿירן, האָט אים געשטעלט פֿאַר אַ טרויעריקן פֿאַקט: עס איז געווען פּשוט אוממעגלעך צו באַשטעטיקן די געזעצלעכקייט פֿונעם הייראַט. דערצו, אַ זעלטענער היגער ייִד, לויט די ליטוואַקישע שטרענגע קריטעריעס, האָט געמעגט זײַן אַן עדות אויפֿן פּראָצעס. דאָס זעלבע האָט אים דערוואַרט אינעם פֿאַל פֿון אַ חתונה, כאָטש דערווײַל קיין שום חתונות לויט תּורת־משה און ישׂראל האָט מען דאָ ניט פּלאַנירט.

די מלחמה האָט איבערגעריסן כּמעט אַלע פֿאַרבינדונגען מיט אירקוטסק און טשיטאַ, די גרויסע סיבירער שטעט מיט אַן אַלט־באַזעסענער ייִדישער באַפֿעלקערונג, אַזוי אַז רבי דײַנאָ האָט זיך אַמאָל געפֿילט ווי אַ מין ראָבינזאָן קרוזאָ אויף אַן אינדזל. מיזרח־צו, אין כאַרבין, איז שוין אַ יאָר צען געזעסן דער ברייטבאַוווסטער רב אַהרן־משה קיסין, אַ גוואַלדיקער תּלמיד־חכם, דער עילוי פֿון באָריסאָוו, וואָס זײַן רום איז דערגאַנגען ביז די ליטווישע ישיבֿות. אין אויסברוך פֿון ייִאוש

האָט ר׳ דײַנאָ געשיקט אַ בריוו צו ר׳ קיסין, ווו ער האָט באַשריבן פּרטימדיק זײַן ביטערן מצבֿ. באַלד איז געקומען דער ענטפֿער.

„כב׳ הרב החכם ירא אלוהים וכו׳, – האָט פֿרײַנדלעך געשריבן ר׳ קיסין, – איך פֿאַרשטיי דעם צער פֿונעם חשובֿן רבֿ, וואָס דער גורל האָט אים געצוווּנגען אײַנצושטעלן זײַן זיצאָרט אין איינער פֿון די סאַמע אָפּגעשטויסענע שטעט, ווײַט פֿון די ייִדישע ייִשובֿים, און וואָס די מענטשן פֿון זײַן קהילה זענען לרובֿ גאָטלעסטערס און קדש־אָפּלייקערס. אָבער צי איז עס ניט פֿונעם אייבערשטן מצעדי גבֿר כוננו? וואָס זאָל מען טאָן, אויב מיר זענען ניט אימשטאַנד צו באַפֿעסטיקן די אמונה און אַנטקעגנשטיין די עובֿרי־עבֿרה, ווען המשכיל בעת ההיא ידום, הייסט עס, דער משׂכּיל זאָל בעסער שווײַגן אין אַזאַ שלעכטער צײַט? אפֿשר וועט דער בכּבֿודיקער רבֿ אויסבעסערן כאָטש דאָס, וואָס מע קען אויסבעסערן, און דעמאָלט וועט ער זוכה זײַן כּפֿליים, ווײַל לפום צערא אגרא, לויט דעם צער איז דער שׂכר״.

רבי דײַנאָ האָט זיך געפֿרייט מיט ר׳ קיסינס פֿאָטערלעך־מילדער באַציִונג. ער האָט זיך דערפֿילט אַ ביסל זיכערער. די פּראָבלעמען אָבער זײַנען ניט נעלם געוואָרן. יום־וליל איז ער געזעסן איבער די פּוסקים, כאָטש דער קהל, צופֿרידן מיט דעם עצם פֿאַקט צו האָבן אַן אייגענעם רבֿ, האָט אים ניט איבעריק באַאומרויִקט מיט שאלות און הלכות. די פּשוטע מיטגלידער האָבן זיך געהאַלטן ווײַטלעך פֿונעם געלערנטן „רבינער״. אַזוי, אַז דער רבֿ האָט זיך שטאַרק באַוווּנדערט,

ווען אין איינעם אַ האַרבסט־טאָג פֿון 1921 איז געקומען צו זען אים אַ יונגע פֿרוי.

ר׳ דייַנאָ האָט שוין ערגעץ געזען די־אָ פֿרוי: זי איז געווען דאָס ווייַב פֿון איינעם אַ רייַכן סוחר, וואָס האָט ניט איין מאָל געגעבן פֿעטע נדבֿות אויף קהלס נויטן. מיט אַ חדשים דרייַ צוריק האָט זי באַקומען אַ בשׂורה, אַז באַנדיטן האָבן געהרגעט איר מאַן ערגעץ אין מאָנגאָליע. זייַן קערפּער האָט מען נאָך אַלץ ניט געפֿונען, אָבער דער ענין איז געווען גאָר קלאָר, האָט זי געזאָגט נערוועז און זיך פֿאַרוויקלט אין אַ שוואַרצער שאַל. זי האָט ניט קיין חשק צו בלייַבן אַן עגונה, האָט זי צוגעגעבן. וואָס שייך, לייַדער, איר מאַנס טויט, האָט זי דערויף עטלעכע פֿעסטע עדות פֿון גאָר חשובֿע און פֿאַרמעגלעכע מאַנזשורער תּושבֿים, ווי אויך פֿון אָ פּאָר אָרטיקע, צי בוריאַטן, צי באַרגוטן, גאָט ווייסט זיי. די פֿרוי האָט האַרציק געבעטן רבי דייַנאָ ער זאָל ניט אָפּלייגן דעם ענין און דערקלערט, אַז זי וויל באַלד מיטנעמען איר זון און, ווי מעגלעך גיך, פֿאַרלאָזן די ווילדע קאַנטן, ווו מע הרגעט אַוועק אומשולדיקע מענטשן אויף רעכטס און אויף לינקס. די פֿרוי האָט מורא געהאַט, אַז אויב ניט לייזן איר לאַגע איצטער, קען זי חלילה בלייַבן אַן עגונה אויף אייביק, ווען זי איז נאָך אַזוי יונג!.. ר׳ דייַנאָ האָט מיט אַ זיפֿץ אָפּגערוקט זייַנע ספֿרים און געהייסן דער פֿרוי צו ברענגען אירע עדות שוין אויף מאָרגן.

קאַפּיטל 2

דער קצבֿים־יונג אַבֿרהם רבינאָוויטש האָט חתונה און פֿאַרלאָזט זײַן היימשטאָט סקווירע

אַבֿרהם רבינאָוויטש האָט גאָר אָפֿט באַזוכט די אַזוי גערופֿענע אויסערן־מאָנגאָליע. אמת, אין דער צײַט פֿון די כינעזער איז דאָרטן געווען אַ סך שטילער ווי הײַנט און קיינער האָט ניט געשטערט צו פֿירן דעם מיסחר. מע האָט געקויפֿט בײַ די היגע, דער עיקר, פֿלייש, פֿעל און וואָל – די מאָנגאָלן האָבן ניט געהאַט קיין מחסר אין דעם זינט דזשינגיס־כאַן אָן. ווען רבינאָוויטש האָט זיך באַזעצט אין מאַנזשוריע אינעם אַלטן גוטן יאָר 1912, האָט ער כמעט באַלד געכאַפּט, אַז די מיזרח־כינעזישע אײַזנבאַן גיט אַ זעלטענע מעגלעכקייט צו פֿאַרקויפֿן פֿלייש צו קליינע און גרויסע אײַנקויף־קאָנטאָרן פֿון דער רוסישער גרענעץ ביז דער סאַמע קוואַטענצזי אויף דער דרום־מאַנזשורער אײַזנבאַן־ליניע, וווּ לויטן אָפּמאַך מיט די יאַפּאַנער האָט זיך פֿאַרענדיקט די רוסישע אײַנפֿלוס־זאָנע. צוריק קיין רוסלאַנד פֿלעגט מען שיקן די מאַנזשורער תּבֿואה, קאָרן און סאָיע, ווי

אויך טיי, געווירצן און אַ פּאָר אַנדערע אַרטיקלען, וועגן וועלכע מ׳האָט עפּנטלעך ניט גערעדט.

רבינאָוויטש איז געווען אַ מסוכּן גרויסער מבֿין אויף פֿלייש. נאָך ווי אַ קינד אין סקווירע האָט ער זיך צוגעטשעפּעט צו די פֿלינקע בחורים־קצבֿים אין הויכע שטיוול און גרויע באַפּלעקטע כאַלאַטן, וואָס האָבן געאַרבעט אינעם שטאָטישן שחיטה־הויז. אָן שום פּחד האָט ער נאָכגעקוקט, ווי די שאַרפֿע מעסערס־חלפֿים שנײַדן איבער גיך כּהרף־עין די האַלדז־אָדערן בײַ מעכטיקע אָקסן. אַ רגע פֿאַר דעם האָט אַזאַ אָקס ווילד געדרייט מיט די בלוט־פֿאַרלאָפֿענע באָלעכעס און קיינעם ניט געלאָזט זיך דערנענטערן צו אים, און אָט ליגט ער שוין אָן אַן אָטעם אויף דעם באַפּלעקטן מיט בלוט און פּישעכץ דיל, נאָר זײַן הינטערשטער פֿוס ציטערט אַ ביסל. ווי אַ פֿאַרכּישופֿטער האָט אַבֿרהם געקוקט אויף אָט דעם פֿוס, ווען די פֿלינקע בחורים־קצבֿים האָבן צעשניטן די באַרכאַט־פֿעל און דער בודק האָט אַרײַנגעשטעקט זײַנע פֿינגער און זיך אײַנגעקוקט אין די לונגען, טראַכייען און קישקעס.

די ריזיקע טושעס פֿלעגט מען אויפֿהענגען אויף אַ גרויסן האָקן צו דער סטעלע, כּדי דאָס בלוט זאָל פֿרײַ אַראָפּרינען אויפֿן דיל אין ספּעציעלע רינוועס. דאָס קינד האָט געחלומט, אַז אַמאָל וועט אויך ער, אַבֿרהם, ווי די־אָ פֿלינקע בחורים, ווערן אַ קצבֿ און מיט צוויי־דרײַ שנײַדן פֿונעם חלף אַראָפּנעמען די פֿעל פֿון אַן אָקסן־טול, ווי אַ העמד. דערווײַל האָט ער נאָכ־געמאַכט אַלע זייערע פֿירעכצן און אין יעדן שמועס געזוכט אַרײַנצושטעקן אַ קצבֿיש ווערטל.

זײַן טאַטע האָט קוים פֿאַרטראָגן דעם זונס מאָדנעם אינטערעס. כּדי זיך באַרויִקן, פֿלעג ער איבערחזרן, אַז דער אייבערשטער האָט צוגעטיילט זײַנע באַשעפֿענישן דעם גאַנצן קלאַפּערגעצײַג פֿון פֿאַרשיידענע נייגונגען און אויב ס'האָט זיך שוין אַזוי באַקומען, אַז אַ מענטש האָט אַ נטיה צו פֿאַרגיסן בלוט, טאָ זאָל עס שוין זײַן לשם־מיצווה. לויט דעם טאַטנס בקשה האָט דער אַלטער גוידערדיקער רבֿ נחום שו"ב אָנגעהויבן לערנען אַבֿרהמען די פּילצאָליקע שחיטה־דינים, אָבער יענער האָט ניט געהאַט קיין זיצפֿלייש. מיט דער צײַט האָט ער זיך אָנגעשלאָסן צו אַ טשיקאַוון געשעפֿט בײַם שחיטה־הויז: פֿאַרקויפֿן די טריפֿות צו גויים. אַ קאַרבאָוואַנעץ דאָ און אַ גראָשיקל דאָרטן, האָט אַבֿרהם צונויפֿגעשלאָגט פֿאַר עטלעכע יאָר אַ קײַלעכדיקע סומע. אַזוי, לכל־הפּחות, האָט מען געשמועסט אין סקווירע. אַבֿרהם איז שטאַרק אויסגעוואַקסן און האָט אויסגעהאָדעוועט זיך אַ קורץ „בערליניש" בערדל, אין וועלכן ער האָט באַהאַלטן אַ פּילזיניקן האַלב־שמייכל. ווען די שדכנטע ביילקע האָט פֿאָרגעלייגט זײַנע עלטערן־קבצנים אַ גוטן שידוך, האָט זיך קיינער ניט געחידושט.

רבֿקה, די יִינגערע טאָכטער פֿונעם גבאַי איז געווען אַ געלע לאַכערקע מיט בלישטשענדיקע אויגן. זי האָט געלאַכט פֿון יעדן וואָרט אַבֿרהמס – אי בעת זייערע דרײַ טרעפֿונגען פֿאַרן קנס, אי בעתן חופּה־קידושין, ווען אַבֿרהם האָט אַרויפֿגעוואָרפֿן אויף איר קעפּל דעם לײַכטן שנייִיק־ווײַסן שלייער. נאָך דער חתונה אָבער האָט רבֿקהס געלעכטער געקלונגען שוין ניט אַזוי אָפֿט, און נאָך יוסעלעס געבורט איז עס געוואָרן גאָר אַ זעלטענע

דערשײַנונג, אונטער אַבֿרהמס פֿאַרפֿירנדיקע בליקן. אַבֿרהם האָט פֿאַראייניקט רבֿקהס נדוניה מיט זײַנע קאַפּיטאַלן און ווי פֿאַרלאָרן זײַן אינטערעס צו איה, זיך באַנוגנדיק מיט קורצע פּראַזעס אויף שטייגערישע טעמעס. די שכנים האָבן שוין ניט פֿאַרכאַפּט די־אָ ענדערונג. די פֿאַרשלאָפֿענע סקווירע איז געוואָרן ענג אַבֿרהמען, און די יונגע משפּחה האָט זיך אַרײַ־ בערגעפּעקלט קיין קיִעוו און פֿון דאָרטן ווײַטער, אַוועק פֿונעם תּחום. אינעם היים־שטעטל האָט מען זיי מער ניט געזען.

קאַפּיטל 3

אַבֿרהם רבינאָוויטש
באַקענט זיך מיט
מנחם־מענדל
טאָמאַשינסקי פֿון
טשאָרטקאָוו און ווערט
אַ סוחר אין כינע

אַבֿרהם רבינאָוויטש האָט שוין לאַנג גע־
טראַכט וועגן דער מיזרח־כינעזישער אײַזנ־
באַן, אַ גראַנדיעזער פּראָיעקט צו פֿאַרבינדן
סיביר מיט דעם יאַפּאַנישן ים דירעקט
דורך דער כינעזישער מאַנזשוריע – נאָכן דערהערן
ערגעץ־ווּ, אַז מע דערלויבט די ייִדן צו פֿאַרלאָזן דעם
תּחום־המושבֿ, ווען זיי געפֿינען דאָרט אַן אַרבעט. די
אײַזנבאַן־קאָמפּאַניע האָט זיך שטאַרק גענייטיקט אין
טעסלערס, טרעגערס, זעגערס און סתּם שוואַרצע
אַרבעטער. רבינאָוויטש, וואָס האָט תּמיד געהאַלטן זײַנע
קאַפּיטאַלן בסוד און ניט געווען פֿאַרשריבן ווי אַ סוחר,
האָט זיך געמאָלדן ווי אַ טרעגער. נאָך אַ דרײַ־וואָכיקער
טרייסלעניש אין עטלעכע באַנען נאָכאַנאַנד און זיך
וואַלגערן אַ פּאָר נעכט אויף די וואָקזאַל־פּאָדלאָגעס,
האָט די משפּחה דערגרייכט די אַלטע סיבירער שטאָט
טשיטאַ, פֿון וועלכער ס'איז שוין געווען גאָר נאָענט צו
דער ערשטער סטאַנציע אויף דער מיזרח־כינעזישער
ליניע, מאַנזשוריע, אָדער מאַנטשולי, ווי די כינעזער
האָבן זי גערופֿן אויף זייער זינגעוודיקן לשון.

עס איז שוין געווען שפּעט נאָוועמבער. פֿונעם מאַנזשורער פּעראָן האָט זיך געעפֿנט אַ סקוטשנע בילד מיט פֿאַרשנייטע דעכער פֿון קרומע קליינוווקסיקע הײַזקעס. פֿאַר די באַוויַיבטע אַרבעטער האָט מען אויסגעטיילט אַ הילצערנעם צוויי־שטאָ־קיקן באַראַק לעבן דער סטאַנציע. אינעווייניק האָבן דראַפּענע פֿאַרהענגען, ווי ווענטלעך, צעטיילט דעם באַראַק אויף אַ סך שמאָלע קעמערלעך. יעדער אַזאַ קעמערל האָט פֿאַרמאָגט אַ פּרימיטיווע נאַרע־בעטל און אַ טומבע. ווען די ערשטע שלאָפֿ־לאָזע נאַכט אויפֿן אָרט, איבערגעריסן פֿון קינדער־געוויין און אָנגעפֿילט מיט מאַכאָרקע־רויך, איז סוף־כּל־סוף אויסגעגאַנגען און זיך פֿאַרביטן אויף אַ בלאַסן באַגינען, איז רבינאָוויטש אַרויס אין דרויסן זיך אַרומצוקוקן. גלײַך פֿאַר זיך האָט ער דערזען אַ ברייט פֿאַרשנייט פֿעלד און אין סאַמע צענטער – אַן אָפּגעבליאַקעוועטע רוסישע פֿאָן אויפֿן שפּיץ־סלופּ. דאָס פֿעלד האָט אַפּנים אויסגעפֿילט דאָ די פֿונקציע פֿון אַ שטאָטפּלאַץ. אַ ביסל ווײַטער, אין מיטן אַ ניט־הויכן קלאָץ־פּלויט, זײַנען געשטאַנען קונציק־אויסגעשניצטע טויערלעך פֿון עפּעס אַן עבֿודה־זרה־טעמפּל. לעבן אים – אַ קליינע פּראַוואָסלאַווע צערקווע מיט אַ ציבעלע־קעפּל.

אַ סטעזשקע, אויסגעטראָטן אינעם קויטיקן שניי, האָט געבראַכט רבינאָוויטשן צו פֿירן צום אַנדערן עק פֿונעם הפֿקר־פֿעלד. ביזן האָריזאָנט האָט זיך געצויגן אַ גוט־אײַנגעפֿאָרענער טראַקט, וואָס האָט צעשניטן די אומענדלעכע, כּמעט אָן ביי־מער, סיבירער סטעפּ, אַרומגערינגלט מיט פֿלאַכע בערגלעך, באַ־וואַקסן מיט קוסטן. אָט די בערגלעך, ווי רבינאָוויטש האָט שוין

געהערט, האָבן די אָרטיקע גערופֿן „סאָפּקעס". אין עטלעכע טעג אַרום האָט מען געדאַרפֿט אַריבערפֿירן זייער „פּאַרטיע" נײַ־אָנגעקומענע ווײַטער מיזרח־צו. רבינאָוויטשן האָט אויף אַ ווײַלע אַרומגעכאַפּט אַ שטאַרק בענקעניש נאָך דער וואַרעמער מאַלאַרְאָסיע, ווו עס האָט זיכער נאָך אַלץ געשמעקט מיט רײַפֿע האַרבסטיקע עפּל. צווישן די שניי־קופּעס האָט ער באַמערקט עפּעס ווײַסע רויכעלעך. זיך אײַנגעקוקט, האָט ער, צו זײַן באַוווּנדערונג, פּלוצעם דערזען אַ באַבערדיקטן ייִד אין אַ ברייטער שוואַרצער יאַרמלקע, וואָס איז אַרויסגעקראָכן פֿון אַ מין טראַנשיי. דער ייִד האָט זיך אויסגעגלײַכט, פֿאַרראָכטן זײַן רײַכן שעפּסענעם מאַנטל און אָנגעצויגן אויפֿן קאָפּ, אַריבער דער יאַרמלקע, אַ דרײַ־אויעריקן הינטישן הוט, וואָס דער דריטער אויער האָט פֿאַרדעקט אויפֿן רוקן דעם ייִדס קאַרק און האַלדז. ערשט דעמאָלט איז זײַן בליק געפֿאַלן אויף רבינאָוויטשן. מעלאַנכאָליש באַטראַכט דאָס קורצע זשאַקעטל, די געפֿלאָכטענע קאָשנע און דאָס ווייך שטאָטיש היטל, האָט ער געמאַכט אַ מין ברכה־באַוועגונג מיטן קאָפּ און געפֿרעגט די רעטאָרישע פֿראַגע: „פֿון וואַנען קומט אַ ייִד?"

אין די פֿילצאָליקע ערדשטיבלעך אַרום און אַרום האָבן געוווינט, דער עיקר, כינעזישע אַרבעטער. אין גיכן איז רבינאָוויטש שוין געזעסן אין אַ גוט־געבויטער רוסישער כאָטע בײַ זײַן נײַעם באַקאַנטן און געזופּט טיי פֿון אַ מאָדנע־ברייטער טשאַשקע־פּיאַלקע, צובײַסנדיק מיט שטיקלעך צוקער. דער טיי איז אויך געווען ניט ווי בײַ לײַטן: אַ כמעט דורכזיכטיקער און עפּעס איבערגעווירצט.

דער בעל־הבית, מנחם־מענדל טאָמאַשינסקי, האָט געשטאַמט פֿון די טשאָרטקאָווע. ווי אַ 15־יאָריק ייִנגל איז ער אַנטלאָפֿן פֿון דער היים און זיך אַליין דערקליבן ביז ניו־יאָרק, אָבער זיך דאָרט ניט אײַנגעוואָרצלט. בעת דער רוסיש־יאַפּאַנישער מלחמה האָט ער זיך געלאָזט זוכן אַ לײַכטע פּרנסה קיין כאַרבין, נאָר צו זײַן אָנקומען איז דער געשעפֿטס־פֿיבער אַרום כאַרבין, וואָס איז געווען גלײַך בײַם אָנהייב פֿון דער מלחמה, לײַדער, דראַסטיש געפֿאַלן. נײַן, די שטאָט איז נאָך אַלץ געווען די הויפּטשטאָט פֿון דער מיזרח־כינעזישער אײַזנבאַן, אָבער נאָך דער רוסישער מפּלה אין דער מלחמה האָט מען די אַרמיי צוריקגעצויגן קיין רוסלאַנד, און כאַרבין איז ווי פֿאַרוויאַנעט געוואָרן. דעמאָלט האָט טאָמאַשינסקי געפּרוּווט אַרײַנשטעקן די נאָז קיין שאַנכײַ, אָבער גיך געכאַפּט זיך, אַז שאַנכײַ איז צו ענלעך צו ניו־יאָרק, און זיך אומגעקערט קיין מאַנזשוריע. לויט עמעצנס אַן עצה האָט ער זיך אַנטשלאָסן אַרײַנצולייגן דאָס ביסל פֿאַרבליבענע געלט אין אַ פֿראַכט מאַנזשורער קאָרן פֿאַר רוסלאַנד. דער עסק האָט זיך אײַנגעגעבן.

רבינאָוויטש האָט נאָך ניט דערטרונקען זײַן ערשטע פּיאַל־קע טיי, ווען ער האָט שוין געהאַט פֿאַרשטאַנען, אַז ווײַטער צו פֿאָרן האָט ניט קיין זינען.

בערל קאָטלערמאַן

קאַפּיטל 4

אַבֿרהם רבינאָוויטש
ווערט נעלם אין
מאָנגאָליע, אָדער ווי אַזוי
די נשמה באַפֿרײַט זיך
פֿונעם פֿלייש

מנחם־מענדל טאָמאַשינסקי האָט צעשפּיליעט זײַן שפּעסענעם מאַנטל, אַראָפּגעשלעפּט פֿונעם קאָפּ דעם הינטישן הוט און זיך צוגעזעצט אויפֿן עק בענקל אַנטקעגן ר׳ דײַנאָ. רבֿקה רבינאָוויטש האָט זיך אַ לאָז געטאָן נאָך טאָמאַשינסקין, אָבער דער רבֿ האָט מיט דער האַנט געוויזן זי זאָל בלײַבן אין דרויסן. דער מאָגערער סופֿר נפֿתּלי, פֿון די פּליטים, האָט אײַנגעטונקען די פֿעדער אין אַ טינטערל און איז גרייט געווען צו פֿאַרשרײַבן. ר׳ דײַנאָ האָט אַ הוסט געטאָן און געזאָגט, אַרײַנקוקנדיק אין זײַנע פּאַפּירלעך:

– אַזוי, רב ייִד, אײַער נאָמען מוז זײַן... מנחם־מענדל בן שלום טאָמאַשינסקי?

– יאָ, פּונקט אַזוי, מנחם־מענדל, ר׳ שלום טאָמאַשינסקיס זון פֿון מאָנאַסטירשטשינע, וואָס איז אין גאַליציע. אַמאָל פֿראַנץ־יאָזעפֿס אַן אונטערטעניקער, איצט אָבער ווייס איך ניט צו וואָס פֿאַראַ מלוכה קער איך זיך אָן.

– איר האַלט, אַז איר קענט זאָגן עדות אויפֿן

טויט פֿון ע... אַבֿרהם בן נטע רבינאָוויטש?

– דער ענין איז, – האָט טאָמאַשינסקי ניט באַלד געענט־פֿערט און זיך באַקוועמער געזעצט אויפֿן בענקל, – אַז שוין אַ צענדליק יאָר נאָכאַנאַנד סטאַרען מיר זיך צוזאַמען אויף דעם זעלבן פֿעלד. שווער צו זאָגן, אַז פֿאַר דער־אָ צײַט זענען מיר געוואָרן לײַבלעכע ברידער. אַ מענטש איז ער, הייסט עס, געוועזן, אַ שווערער, אַ פֿאַרשלאָסענער. מיט איין וואָרט, אַ קצבֿ... אויך זײַן ווײַב האָט אים צו מאָל אַזוי גערופֿן. אָבער ניט צו פֿאַרזינדיקן, מיר האָבן אַדורכגעפֿירט ניט איין גוט געשעפֿט. געוועזן אויך צרות, רחמנא ליצלן, באַזונדערס, די לעצטע צײַט. אָפֿט פֿלעגן מיר אַרויספֿאָרן צוזאַמען אין ווײַטע נסיעות, מאַלע וואָס... דאָס מאָל איז עס אַרויס אַזוי, אַז כ'האָב געדאַרפֿט אַ שפּרונג טאָן בחיפּזון צו... נו, ניט וויכטיק. אַ קיצור, רבינאָוויטש איז אַוועק קיין מאָנגאָליע אַליין. אַ וואָך שפּעטער האָבן זיך אומגעקערט זײַנע באַגלייטער־בוריאַטן און דערציילט, אַז ס'האָבן אים אָפּגעשטעלט מיט דער פֿורע רוסישע באַנדיטן. די בוריאַטן האַלטן, אַז דאָס זענען די קאַמישינער הײַדאַמאַקן, גאָט זאָל אָפּהיטן. די בוריאַטן האָבן נאָך איבערגעוואַרט דאָרטן אַ שטיקל צײַט. אין דעם זעלבן טאָג, הייסט עס, בײַ נאַכט שוין, זענען די באַנדיטן אַדורכגעפֿאָרן ווידער מיט רבינאָוויטשס פֿור־רע, אָבער יענער איז אויף איר ניט געוועזן... די באַנדיטן, דאַכט זיך, זענען געווען פֿאַרוווּנדעט, מיט פֿאַרבלוטיקטע צורות... אַגבֿ, מיט אַ פּאָר טעג צוריק האָט מיר איינער אַ רוסישער אײַזנבאַן־אינספּעקטאָר פֿון כּײַלאַר דערציילט רכילות, אַז לויט די ווערטער פֿון אַ געוויסן מאָנגאָלישן מיליציאָנער, האָבן צוויי

31 – די אָפּגעשטויסענע

מאַנגאַלישע פּאַסטעכער געהאַט געזען, ווי די רוסישע קאָזאַקן הרגענען רבינאָוויטשן. יענע האָבן געדאַרפֿט אים גוט באַקענען, זיי האָבן אים גערופֿן, ווי אַ סך אַנדערע, „האַראַ אָראָס", אַ שוואַרצער רוס...

טאָמאַשינסקי האָט זיך אָפּגעשטעלט אויף אַ רגע און פֿאַרטראַכט.

– כ'ווייס אָבער ניט, פֿון וואַנען האָט אַזעלכע פּרטים דער אינספּעקטאָר... נאָכן שמועס מיט די בוריאַטן האָב איך זיי אָפּ־געשיקט צוריק. און אָט וואָס האָבן זיי אַנטפּלעקט: אויף יענעם אָרט, אַווּ רבינאָוויטש איז... ע... נעלם געוואָרן, האָט מען געפֿונען אַ מענטשלעכן שאַרבן מיט אַ גאָלדענעם צאָן אויבן. דעם צאָן האָט מען, פֿאַרשטייט זיך, אַרויסגעריסן און געשאָנקען איינעם אַ שאַמאַן, אַ מין צדיק בײַ זיי. אפֿשר זענען דאָס דווקא יענע צוויי פּאַסטעכער, וואָס האָבן געזען ווי מע הרגעט אַוועק רבינאָוויטשן, לא־עלינו. דעם שאַרבן, שוין אָן אַ צאָן, האָבן די בוריאַטן געבראַכט אַהער. רבינאָוויטש האָט דאָך געהאַט אַ גאָלדענעם צאָן פּונקט אָט דאָ, אויבן. אַ סך מענטשן קענען עס טאָקע אײַך באַשטעטיקן. צי זאָל איך ברענגען דעם שאַרבן?

טאָמאַשינסקי האָט מיט גרייטקייט זיך אַ הייב געטאָן פֿון־נעם בענקל, אָבער ר' דײַנאָ האָט זיך איבערגעקרימט און אַ שאָקל געטאָן מיטן קאָפּ:

– ניין, טוט מיר אַ טובֿה. מע דאַרף עס, ווי מעגלעך גיך, באַגראָבן. איז וואָס, אײַערע בוריאַטן זײַנען זיכער, אַז דער שאַרבן איז געלעגן דווקא דאָרטן, ווּ מ'האָט פֿאַרכאַפּט רבינאָ־וויטשן?

– נו, זיי פֿילן זיך אין יענע מקומות ווי בײַ זיך אין דער היים! באַקאַנט מיט איעדן שטיינדל, מיט איעדער סטעזשקע. דאָס זעלבע די מאַנגאָלן. אויב זיי זאָגן יאָ, איז עס טאַקע אַזוי.

– צי האָבן זיי געזען דעם גאָלדענעם צאָן בײַ דעם שאַמאַן?

– יאָ, יענער האָט אים אויפֿגעהאָנגען אויף אַ שנירל בײַ זיך אויפֿן האַלדז און דרייט זיך אַזוי אַרום. איצטער איז דער צאָן מסתּמא איינער פֿון זײַנע... טפֿו, עבֿודה־זרות.

– ווּ, זאָגט איר, איז געווען דער גאָלדענער צאָן בײַ רבי־נאָוויטשן?

– אָט דאָ, אויבן, – טאָמאַשינסקי האָט געעפֿנט זײַן מויל און געוויזן מיט אַ פֿינגער. – ער האָט אים נאָך אין קיִעוו אַרײַנגעשטעלט, לאַנג פֿאַר זײַן אָנקומען אַהער. אַזוי האָט ער דערציילט.

– גוט. רופֿט צו דעם צווייטן עדות. ניין, וואַרט! – דער רבי האָט אַ קוק געטאָן אויף טאָמאַשינסקי און געפֿרעגט עפּעס ניט־זיכער:

– וויפֿל צײַט, מיינט איר, איז אַדורך צווישן דעם מעגלעכן מאָרד פֿון רבינאָוויטשן און דעם געפֿינען דעם שאַרבן?

– נו, כ׳מיין, אַ דרײַ טעג, ניט מער...

– ווי אַזוי זשע איז דער קערפּער פֿאַרוואַנדלט געוואָרן אין אַ סקעלעט און... ווּ זײַנען די אַנדערע טיילן?

– האָ, ער איז זיכער געוואָרן אַ הויל געביין שוין אויפֿן צווייטן טאָג. דאָס זענען די וועלף, זיי פֿרעסן אויף אַ טויטן אין אַ פּאָר שעה. און די ביינער האָבן זיי מסתּמא צעשלעפּט איבער דער גאַנצער געגנט. אַזוי, אייגנטלעך, טוען די אָרטיקע בעתן

„באַגראָבן", אַזוי צו זאָגן, זייערע נאָענטע. מע טראָגט דעם
פֿאַרשטאָרבענעם אַרויס אין דער אָפֿענער סטעפּ... מע וויל, אַז
די נשמה זאָל זיך בײַ אים וואָס גיכער באַפֿרײַען פֿונעם פֿלייש
און זיך צוגרייטן צום ווידערגעבורט.

דער רבי האָט צוגעמאַכט די אויגן און איז אַנטשוויגן
געוואָרן.

קאַפּיטל 5

רבי דבֿ־יהודה דײַנאָ פֿאָרשט װײַטער אױס דעם סודותפֿולן פֿאַרשװוּנדן פֿון דעם סוחר רבינאָװיטש

מנחם־מענדל טאָמאַשינסקי האָט זיך אויפֿגעהויבן און זיך גערוקט צום אַרויסגאַנג. אַנטקעגן אים האָט זיך מגושמדיק אַדורכגעקוועטשט פֿון דער טיר אַ מאָגערער ייִד אין האָרנברילן. צוגעגאַנגען צום רבּיס טיש, האָט ער געוואָלט אַראָפּנעמען פֿונעם קאָפּ זײַן ווינטערדיקן קאַרטוז מיט אויערן־לעפּלעך, אָבער געבליבן שטיין מיט דער האַנט אין לופֿטן. דער רבֿ האָט אים אָנגעוויזן אויף אַ בענקל. דער מאָגערער ייִד האָט זיך צוגעזעצט, האַלטנדיק זײַן רוקן אומנאַטירלעך גלײַך.

– צי אײַער נאָמען איז יקותיאל־יצחק בן משה פֿורסמאַן?

– יאָ, יקותיאל־יצחק...

דער סופֿר נפֿתּלי האָט אויפֿגעהערט צו שרײַבן און אויפֿגעהויבן פֿרעגנדיקע אויגן אויף פֿורסמאַנען, וועלכער האָט גיך צוגעגעבן:

– יקותיאל, יאָ, יצחק. דער זון פֿון משה און דבֿורה פֿורסמאַן פֿון אָדעס. אין מאַנזשוריע בין איך ניט לאַנג, אין גאַנצן צוויי יאָר. ביז דעם האָב איך

געוווינט אין אירקוטסק, געווען גאָר אָפּט אי אין דער מאָנגאָ־לישער הויפּשטאָט אורגאַ, אי, אַוודאי, דאָ.

– וואָס ווייסט איר וועגן דעם טויט פֿון אַבֿרהם בן נטע רבינאָוויטש?

– רבינאָוויטש? כ'האָב אים געזען דאָס לעצטע מאָל בײַ דאַווינדאַל, אַ מאָנגאָלישער פּי־סוחר פֿון יענער זײַט גרענעץ. מיר האָבן אָפּגערעדט, אַז איכ'ל ברענגען זײַן שאָפֿנפֿעל אַהער, און ער וועט מיר אויך מיטהעלפֿן אין עפּעס אַ געשעפֿט. נאָכ־דעם איז ער אַוועקגעפֿאָרן, געזאָגט – אַהיים. שפּעטער, אין אַ טעג דרײַ אַרום, איז צוגעפֿאָרן אַן אויטאָמאָביל מיט אַ מילי־ציאָנער און נאָך אַ פּאָר מענטשן פֿון דעם אײַמאַק, הייסט עס, פֿון דער גובערניע־מאַכט. זיי האָבן אַלץ נאָכגעפֿרעגט פֿון רבי־נאָוויטש וועגן. דער מיליציאָנער האָט מיר אָנדערציילט וועגן דעם געפֿונענעם שאַרבן, וואָס די בוריאַטן האָבן שפּעטער מיטגענומען. ער'ט מיר אויך געוויזן אַן אַרבל פֿון אַ לײַבהעמד און אַ שטיקל שטאָף פֿון דעם זעלבן העמד, וואָס מ'האָט, לויט זײַנע ווערטער, געפֿונען גראָד לעבן דעם שאַרבן. איך האָב באַלד דערקענט דעם־אָ אַרבל – ס'איז רבינאָוויטשס אַרבל, אַלע זײַנע העמדער זענען אַזעלכע, פֿון סעראַפּינקע, מיט פּאַסן און מיט קניפּלעך. ער איז געווען פּונקט אין אַזאַ העמד, ווען כ'האָב אים לעצטנס געזען. אַזוי אָט.

– ווי אַזוי זשע האָט איר געזען רבינאָוויטשס לײַבהעמד, וואָס מע טראָגט אונטער אַלע בגדים?

– ס'איז דאָך געווען הייסלעך אין דער יורטע, און ער'ט צעקנעפּלט דעם קאָלנער. אַלע זײַנע העמדער, ווי כ'האָב

שוין געזאָגט, זענען פֿון סעראַפֿינקע, מיט פֿאַסן און אַזעלכע קניפּלעך.

– און פֿון וואַנען ווייסט איר, אַז אַלע העמדער בײַ רבינאָ־וויטשן זײַנען אַזעלכע?

– ער פֿלעג זיי תּמיד קויפֿן טרצנוויז. די־אָ האָט ער אײַנ־געקויפֿט מיט אַ יאָר צוריק, ווען כ׳האָב אים געטראָפֿן אין כאַר־בין, אין פֿעלדבערגס גאַלאַנטעריע.

– נו, גוט. און יענער מיליציאָנער האָט אײַך מסתּמא אויך געזאָגט, ווו פּונקט האָט מען געפֿונען דעם אַרבל?

– אָט־אָ דאָרטן, ווו דעם שאַרבן... זיי האָבן ספּעציעל מיטגעבראַכט יענע מאָנגאָלן, וואָס האָבן געפֿונען דעם שאַרבן.

– גוט. איר קענט גיין. און זײַט אַזוי גוט, רופֿט צו עמעצן פֿון די רובינטשיקעס.

שוין זײַענדיק לעבן דער טיר, האָט פֿורסמאַן זיך אָפּגע־שטעלט פֿאַרטראַכט און אַ פֿרעג געטאָן:

– צי האָט כּבֿוד הרבֿ געהערט די רכילות, אַז רבינאָוויטשן האָט מען געהרגעט ווי אַ נקמה? ער האָט דאָך געהאַלטן אין מישפּטן זיך מיט אַ געוועזענעם רוסישן אָפֿיציר צוליב אַ טשע־רעדע שאָף, וואָס מע האָט אַוועקגענומען בײַ אים. נאָר קיין סך ווייס איך ניט פֿון דעם.

פֿורסמאַן האָט געעפֿנט די טיר. אויף דער שוועל זײַנען שוין געשטאַנען צוויי גוט־געבויטע יאַטן.

– ס׳וועט זײַן גענוג, אויב נאָר איינער פֿון אײַך וועט אַרײַנגיין, – האָט זיי געזאָגט רבי דײַנאָ מידלעך.

– אָבער וואָס זשע... – האָט פּראָטעסטירט אויפֿגעבראַכט איינער פֿון די יאַטן. – מיר זענען דאָך געווען זאַלבענאַדן, מע האָט אונדז כּמעט דערהרגעט! ביידע!

דער רבי האָט אַ שאָקל געטאָן דעם סופֿר: זאָל זײַן אַזוי, פֿאַרשרײַבט ווײַטער, און געבעטן די יאַטן זיך פֿאָרשטעלן.

– איך בין שמעון, שמעון בין איך, און ער איז ראובֿן. אונדזער פֿאָטער, זאָל ער זײַן געזונט ביז הונדערט־און־צוואַנציק, איז פֿרוים רובינטשיק פֿון שעפּעטאָווקע.

– וואָס איז אײַך באַוווּסט וועגן דעם געפֿינס־אָרט פֿון אַבֿרהם רבינאָוויטש?

– ברוך דיין אמת... מע האָט אונדז אָפּגעשטעלט אויפֿן וועג קיין אורגאַ ערגעץ בײַם קערולען־נידערפֿלוס – צי די געוועזענע סאָלדאַטן פֿונעם אַדמיראַל קאָלטשאַק, צי באַראָן פֿאָן־אונגערנס באַנדיטן, גיי ווייס. מכבד געווען מיט נאַהײַקעס, געסטראַשעט מיטן הרגענען, ווי זייער טבֿע איז צו ריידן מיט אונדזעריקע. איינער פֿון זיי האָט געזאָגט: „מיר האָבן איינעם אָקאָרשט געענדיקט, פֿון אײַער בייזן שטאַם". צום סוף, האָבן זיי צוגענומען בײַ אונדז דאָס גאַנצע געלט און אַפֿילו די וואַרעמע בגדים, צונויפֿגעבונדן און אַרײַנגעוואָרפֿן אין אַ גאָרן. צום אָוונט איז געקומען אַ מאָנגאָלישער בעל־הבית, געעפֿנט די טירן, צעבונדן אונדז און געמאָלדן, אַז די „אָראָסן", טפֿו, זענען שוין אַוועק.

– איר האַלט, אַז יענער דערהרגעטער ייִד, וואָס די באַנדיטן האָבן דערמאָנט, איז טאַקע געווען רבינאָוויטש?

די ברידער האָבן זיך איבערגעקוקט.

– ע, ווער קאָן עס נאָך זײַן, אייגנטלעך? מיר קענען אַלע־מען, וואָס פֿירן געשעפֿטן מיט מאָנגאָלן, מע קען זיי איבערציילן אויף די פֿינגער. קיינער פֿון זיי איז ניט נעלם געוואָרן אין אָט דער צײַט, אַ חוץ רבינאָוויטשן.

קאַפּיטל 6

פֿון דער כינעזישער
סטאַנציע מאַנזשוריע
ביז דער מאָנגאָלישער
הויפּטשטאָט אורגאַ,
אָדער צו גאַסט בײַ
באָגדאָ־כאַן

רבינאָוויטש האָט גיך אויסגעלערנט די היגע געאָגראַפֿיע. די סטאַנציע מאַנזשוריע איז געווען אַ טויער אין אַ ריזיק גרויס לאַנד מיט דעם זעלבן נאָמען, מאַנזשוריע, וווּ רוסלאַנד האָט אַרענדירט בײַ די כינעזער אַ לאַנגן און ענגן, 15 וויאָרסט ברייט, פּאַס און געבויט אַן אײַזנבאַן־ליניע, וואָס האָט שטאַרק פֿאַרקירצט דעם וועג פֿון טשיטאַ צו וולאַדיוואָסטאָק. אַמאָל האָט זיך די ליניע אָפּגעצווײַגט אויך אויף דרום, ביז דעם האַלב־אינדזל קוואָטענצזי אויף דעם געלן ים, נאָר דער יאַפּאַנישער צעשמעטערנדיקער נצחון אין פּאָרט־אַרטור אין 1905 האָט אָפּגעקילט די רוסישע אַמביציעס. זינט דעמאָלט אָן האָט רוסלאַנד זיך געפֿירט מער דיפּלאָמאַטיש און געפּרוּווט זיך ניט קריגן אומזיסט מיט קיינעם. דערווײַל האָבן די רוסן שטילערהייט באַווינט דעם „פּאַס". אַ חוץ דער פֿילטויזנטדיקער „הויפּטשטאָט" פֿון דער מיזרח־כינעזישער אײַזנבאַן – כאַרבין, זײַנען דאָ, איינער נאָך דער צווייטער, זיך צעוואַקסן אַנדערע שטעט און סטאַנציעס – ציציקאַר, כײַלאַר, מוקדען.

אויך די סטאַנציע מאַנזשוריע איז געוואַקסן: פֿון אַ ניט־וויכטיקן גרענעץ־פּונקט איז זי געוואָרן אַ שטעטל פֿון מער ווי פֿינף טויזנט איינוווינער. פֿונעם כאַאָטישן מישמאַש פֿון מאָנגאָלישע יורטעס, רוסישע כאַטעס און לאַנגע הילצערנע באַראַקן האָט זיך פּאַמעלעך אויסגעפֿורעמט דער באַקאַנטער רוסלענדישער פּראָווינציעלער פּייזאַזש: דער מאַסיווער וואַסער־טורעם – הויך איבער דער שטאָט, דער גרינער שפּאַציר־פּאַרק מיט קלומבעס אינעם צענטער, דער צוויי־שטאָקיקער שפּיטאָל און די אָנהייב־שול, ביידע געבויט פֿון רויטן ציגל. הגם די כינעזער, ווי אויך די בוריאַטן, מאָנגאָלן און באַר־גוטן האָבן פֿאַרגעשטעלט מיט זיך דרײַ פֿערטלען פֿון דער באַפֿעלקערונג, האָבן דווקא די רוסישע בירגער אָנגעפֿירט מיט דער מוניציפּאַלער אַדמיניסטראַציע, מיטן געזעלשאַפֿטלעכן לעבן און אויך מיטן מיסחר. בראָש דער אַדמיניסטראַציע איז געשטאַנען דער געשמדטער ייִד יעווגעני עמיליעוויטש בערג, פֿון די אײַזנבאַן־אָנגעשטעלטע. זײַנע געוועזענע שטאַמברידער האָבן זיך ניט איבעריק געפֿרייט מיט דעם־אָ פֿאַקט, אָבער טיף אין האַרצן געהאָפֿט, אַז בעת אַ צרה קען זיי אויך דאָס צו נוץ קומען.

די סטאַנציע מאַנזשוריע האָט זיך געפֿונען אויף דער טעריטאָריע פֿון דער אַזוי גערופֿענער אינערן־מאָנגאָליע – גאָר ניט קיין נאָכגיביקע כינעזישע פּראָווינץ. די אינערן־מאָנגאָליע האָט געגרענעצט מיט דער אומאָפּהענגיקער אויסערן־מאָנגאָליע, וועלכע מען האָט דאָ גערופֿן כאַלכאַ. אין שפּיץ פֿון כאַלכאַ איז געשטאַנען אין די לעצטע יאָרן

דער בודהיסטישער אויטאָריטעט באָגדאָ־כאַן, וועלכער האָט אויף צו להכעיס די כינעזער, פּראָקלאַמירט זײַן לאַנד אומאָפּהענגיק און זיך אַליין געמאָלדן פֿאַר אַן אימפּעראַטאָר און אַ „לעבעדיקער בודהאַ".

אַ לאַנגער, פּילהונדערט־וויאָרסטיקער סוחרישער טראַקט, לענגויס דעם טײַך קערולען, האָט פֿאַרבונדן מאַנזשורישע יישובֿים מיט דער שטאָט אורגאַ, די רעזידענץ פֿון באָגדאָ־כאַן. פֿון די גרויס־כינגאַן־בערג און ביזן מידבר גאָבי איז כאַלכאַ־מאָנגאָליע געווען פֿול מיט אומצאָליקע סטאַדעס פֿי, טשערעדעס שאָף, טאַבונען פֿערד און צוויי־הויקערדיקע קעמלען. דאָס איז געווען ממש אַ מלכות פֿון פֿלייש.

רבינאָוויטש איז פֿאַרפֿאָרן קיין מאָנגאָליע צום ערשטן מאָל צוזאַמען מיט מנחם־מענדל טאָמאַשינסקי, יענעם ייִד, וועלכן ער האָט אַזוי מזלדיק געטראָפֿן אין זײַן ערשטן מאַנזשורער פֿרימאָרגן. טאָמאַשינסקי, אַ גאַליציאַנער אַ בעל־בטחון, האָט זיך געדרייט אַרום דער מיזרח־כינעזישער אײַזנבאַן שוין יאָרן־לאַנג און אָנגעשטעלט דאָרטן געוויסע ניצלעכע קאָנטאַקטן. די רוסן אָבער האָט ער ניט איבעריק ליב געהאַט, באַזונדערס נאָך זײַן נסיעה קיין וולאַדיוואָסטאָק, אַווו עס האָט אים געשיקט צוליב עפּעס אַ „סודותדיקן ענין" דער אָרטיקער קאָמענדאַנט בערג. אין וולאַדיוואָסטאָק, ווו מ'האָט ניט געהאַלטן פֿון ייִדן, כאָטש היגע, כאָטש פֿרעמדע, האָט מען אים אָפּגעשטעלט און אַרויסגעשיקט, ניט קוקנדיק אויף דעם קאָמענדאַנטס בריוו.

טאָמאַשינסקי האָט ניט פֿאַרטרויט רבינאָוויטשן זײַנע פּלענער, און יענער, וואָס האָט אויך געהאַלטן זײַן מויל פֿאַר־

שלאָסן, האָט גאָרניט געפֿרעגט. און פֿאָרט, ווײַל דער וועג קיין כּאַלכאַ איז געוועזן אַ ווײַטער, מערסטנס דורך אַ ניט־באַוווינטער סבֿיבֿה, האָט טאָמאַשינסקי פֿאָרגעלייגט רבינאָוויטשן שוין אויף זייער ערשטער טרעפֿונג צו באַגלייטן אים קיין אורגאַ. יענער האָט מיט שׂימחה מסכּים געווען. דער קאַראַוואַן־וועג פֿון מאַנזשוריע צו באָגדאָ־כאַן האָט כּסדר גענומען אַרום צוועלף טעג, ס'ווענדט זיך פֿון וועטער און סעזאָן. פֿון די סאַמע בעסטע וועגן ווערט דאָ אַ בלאָטע אינעם רעגן־פּעריאָד – אַ געפֿערלעכע פּאַסטקע פֿאַר פֿערד, קעמלען און אַפֿילו מענטשן. די באַרג־דורכגאַנגען זײַנען געווען בוך־שטעבלעך באַדעקט מיט אַ שיכט ביינער און צעבראָכענע אַקסן און רעדער, הגם כּמעט תּמיד האָט מען געקענט געפֿינען ערגעץ ניט־ווײַט אַ מין פּאָטשט־סטאַנציע – „אורטאָן" אויף היגיש, וווּ פֿאַר עטלעכע מאָנגאָלישע ליאַנען האָט מען געקענט פֿאַרריכטן דעם רײַזערס וואָגן צי טעליגע און דינגען פֿערד. די אמתע סכּנה אָבער האָבן פֿאָרגעשטעלט די פֿילצאָליקע באַנדעס, וואָס האָבן געני שטערט אין דער געגנט.

זײַענדיק אינגאַנצן אָן אַ סחורה און בײַטנדיק פֿערד אויף יעדער שטרעקע, האָבן די נײַע שותּפֿים טאָמאַשינסקי און רבינאָוויטש דערגרייכט אורגאַ בלויז אויפֿן פֿינפֿטן טאָג. די שטאָט האָט זיך פֿאַר זיי געעפֿנט פֿון איינעם פֿון די באַרגנייגן ווי אַ ריזיקע טונקל־גרויע פּאָדקאָווע. פֿון צווישן דער כאַאָטישער אָנזאַמלונג פֿון כאַטעס, פֿאַנזעס און יורטעס האָבן זיך דאָ און דאָרטן אויסגעטורעמט אַזשורנע שפּילן און „ציבעלעס" פֿון פֿאַרשיידנאַרטיקע „טיפֿלות". רבינאָוויטש האָט זיך געחידושט,

ווי די־אָ ציבעלעס זײַנען ענלעך צו די קיִעווער צערקוועס – אַ זיכערער עדות צו דער אוראַלטער, פֿון די אָרדאַ־צײַטן אָן פֿאַרבינדונג צווישן מאָנגאָלן און רוסן.

אינעם סאַמע צענטער שטאָט, צופֿוסנס פֿונעם אָרטיקן הייליקן באַרג מיט דעם ווײַסן בודהיסטישן „מקדש“ אויבן, האָט זיך געפֿונען דער סוחרישער קוואַרטאַל, דער ציל פֿון זייער רײַזע. אויך דאָ זײַנען געווען ניט ווייניק ייִדן: אַ טייל פֿון זיי „אונדזעריקע“, רוסישע, און אַ טייל האָבן געפֿירט זייער שטאַם אַזש פֿון בבֿל. „אָט יענער, אינעם סויבל־הוט, מיט אַ טונקלעוואַטער הויט, איז פֿון די באַמבייער שׂשׂונס“, האָט געררוימט אין רבינאָוויטשס אויער מנחם־מענדל, ווען זיי האָבן זיך צונויפֿגעזאַמלט צום מעריבֿ אין אַ ברייטער הילצערנער „רוסישער“ שטוב.

רבינאָוויטשן איז געווען שווערלעך מיטן אָריענטאַלן נוסח פֿון די אורגינצעס, אָבער יעדעס מאָל האָט ער התלה־בֿותדיק אונטערגעכאַפּט דעם קדיש. די אורגינצעס האָבן געקוקט אויף אים און אויף זײַן חבֿר גאָר גוטמוטיק. נאָך דער תּפֿילה האָט טאָמאַשינסקי אַ שעפּטשע געטאָן רבי־נאָוויטשן אַרויסצונעמען אַ מאה אין גאָלדענע טשערוואָנ־צעס. רבינאָוויטש האָט אים אָנגעמאָסטן מיט אַן אָנגע־שטרענגטן בליק, אַ קוק געטאָן אַרום זיך – אויף די אָר־טיקע ייִדן און אויף די קעמל־פֿעלן, וואָס זײַנען געווען צעהאָנגען אויף די ווענט, אַרויסגעשלעפּט פֿון אונטער דער פּאָלע אַ לעדערן זעקל, ניט צעבינדנדיק, געוואָרפֿן אים אין טאָמאַשינסקיס הענט און אַרויס אין דרויסן.

פֿון הינטער דעם טורעם פֿונעם מאַיעסטעטישן ווײַסן „מקדש" האָט אַרויסגעקוקט די פֿלאַכע מאָנגאָלישע לבֿנה, וואָס האָט באַלויכטן דינע קרײַזלדיקע רויכעלעך איבער די קאָנוס־אַרטיקע יורטעס. די שאָטנס פֿון די רויכעלעך האָבן געשוועבט איבער דעם לבֿנה־געזיכט, און עס האָט זיך געדאַכט צומאָל, אַז די לבֿנה שמייכלט.

אויף מאָרגן האָבן זיי זיך געלאָזט צוריק, ניט איבער־ריידנדיק מיט קיינעם און ניט פֿאַרבלײַבנדיק אויף שבת. אין חדשים דרײַ אַרום האָט מען צוגעטריבן קיין מאַנזשוריע אַ טשערעדע שאָף, וואָס צענדליקער קעפּ פֿון זיי האָבן שוין געהערט רבינאָוויטשן.

בערל קאָטלערמאַן

קאַפּיטל 7

אם נאבד יהודי בדרך,
אָדער סניפים און סימנים
צו באַפרײַען די עגונה

רבי דײַנאָ האָט פֿאַרטראַכטערהייט געקוקט אויפֿן שער־בלאַט פֿון דער כאַרבינער צײַט־שריפֿט „סיביר־פּאַלעסטינאַ“, וואָס עמעצער האָט אים לעצטנס געבראַכט. דער רבינאָוויטש־ענין איז געווען ניט אַזאַ לײַכטער, ווי עס האָט זיך לכתּחילה אויסגעדאַכט. אָנערקענען אַ מענטש ווי אַ טויטן איז גאָר אַ פֿאַראַנטוואָרטלעכע זאַך. לאָמיר זאָגן, ער וועט זיך יאָ אַנטשליסן און אָנרופֿן רבֿקה רבינאָוויטש אַן אַלמנה. זי וועט זיכער באַלד חתונה האָבן, האָבן קינדער. און דאָ וועט זיך פּלוצעם יאַווען דער לעבעדיקער אַבֿרהם רבינאָוויטש. וואָס וועט זײַן מיט זײַן רבנות, מע וועט לאַכן פֿון אים ביז ירושלים! נאָך וויכטיקער: וואָס וועט זײַן מיט די קינדער? זיי וועלן אויף שטענדיק בלײַבן אומגעזעצלעכע ממזרים, אָפּגעשטויסענע פֿון קהל־ישׂראל...

רבי דײַנאָ האָט זיך ווידער און ווידער אײַנגעקוקט אין די רשימות אין שײַכות מיט דעם ענין. צי האָט ער געהאַט פֿעסטע עדות בתּורת־אַליונ״ע, כּדי

אָנערקענען רבינאָוויטשן ווי אַ טויטן? עס באַקומט זיך, אַז די ברידער רובינטשיק פֿאַסטן ניט אַפֿילו אומדירעקט: די באַנדיטן האָבן זיי דאָך גאָרנישט געזאָגט, ווען זיי האָבן זיי דערהרגעט לא־עלינו, שוין אָפּגערעדט, אַז זיי זאָלן אַליין געווען זען דעם מת. צי שטייט עס ניט אין דער גמרא: אין מעידין אלא על פרצוף פנים, הייסט עס, מע מוז דערקענען אַ טויטן אין פנים ממש? אַנישט – לא־מהימן, מע טאָר זיך ניט פֿאַרלאָזן אויף אַזאַ עדות. אַ חוץ דעם, די גאַנצע מעשׂה זעט אויס אַזוי, ווי מע וואָלט זיי געוואָלט אָנשרעקן, כּדי וואָס גיכער אַוועקנעמען זייער געלט. פֿון אַן אַנדער זײַט, ווײַזט אָן די ברידערס טענה, אַז זיי קענען אַלע סוחרים מיט מאָנגאָליע, אויף איין אוראַלטן כּלל. ווי עס שרײַבט דער מבי״ט, אם נאבד יהודי בדרך – ווען אַ ייִד איז פֿאַרלוירן געגאַנגען אויפֿן וועג פֿון איין אָרט צו אַן אַנדער אָרט און שפּעטער האָט מען געפֿונען אַ טויטן אויף דעם זעלבן וועג, לערנט אונדז די תּורה, אַז עס איז דער זעלבער ייִד, אויב יענער האָט זיך ניט אָפּגעפֿונען. הייסט עס, פֿון דאורייתא קען מען שוין באַפֿרײַען די נעבעכדיקע פֿרוי פֿון איר עגינות, אָבער נישט פֿון דרבנן. און פֿאָרט – אַבֿרהם רבינאָוויטש האָט זיך טאַקע ניט אָפּגעפֿונען פֿאַר מער ווי דרײַ חדשים, אָבער קיין טויטן קערפּער האָט קיינער פֿון די עדות אויך ניט געזען. די פּגנים, בוריאַטן און מאָנגאָלן, האָבן געזען אַ שאַרבן אויפֿן וועג, ווו איז געגאַנגען רבינאָוויטש, און דערציילט דערפֿון טאָמאַשינסקין. אַזוי, אַז נאָר אין פֿאַרבינדונג מיט טאָמאַשינסקיס עדות באַקומט די רובינטשיקס עדות עפּעס אַ זין. נאָר וואָס? אויך טאָמאַשינסקיס עדות איז ניט מער ווי אַן אומדירעקטע

זאַך, אַ „סניף", וואָס זשע טוט מען מיט די רובינטשיקעס? זייער עדות טויג אויף כּפּרות...

רבי דייַנאָ האָט געריבן זייַן שטערן. וואָס עס בלייַבט דאָ איז נאָר טאָמאַשינסקי און פּורסמאַן. טאָמאַשינסקי גופא האָט ניט געפֿונען דעם שאַרבן. וואָס יאָ – ער האָט געזען עפּעס אַ שאַרבן, וועלכן זייַנע בוריאַטן האָבן געבראַכט אַהער, אין וועלכן עס האָט געפֿעלט איין צאָן, פּונקט דאָרט, ווו בייַ רבינאָוויטשן איז געווען אַ גאָלדענער צאָן. מע דאַרף נאָך גענויער אויספֿרעגן לגבי אָט דעם צאָן. אויב אָבער אָנצונעמען פֿאַר אַ פֿעסטן פֿאַקט די מעשׂה מיטן צאָן, האָבן מיר נאָך איין „סניף". אין דער אמתן, אויך דער גאָלדענער צאָן איז קיין קלאָרער סימן ניט. אַזאַ סימן, דער „סימן מובֿהק", קען זייַן נאָר דאָס, וואָס איז בנמצא בייַ איינעם פֿון אַ טויזנט, אַחד מאלף, ווען אין אונדזערע צייַטן עס איז שוין גאָר ניט קיין ווילדע מציאה צו האָבן גאָלדענע ציין.

אַן אַנדער זאַך איז דער אַרבל פֿון רבינאָוויטשס העמד, וואָס פּורסמאַן האָט געזען מיט זייַנע אייגענע אויגן. ער איז אויך געווען דער לעצטער, וועמען ס'איז אויסגעפֿאַלן זיך צו זען מיט רבינאָוויטשן איין טאָג פֿאַר יענעמס מעגלעכן מאָרד. דעם אַרבל האָט מען געפֿונען לעבן דעם שאַרבן, און אויב מע נעמט אין חשבון ווי אַ „סניף" דעם שאַרבן אָן אַ צאָן, פּונקט אין דעם אָרט, ווו ס'איז געווען דער גאָלדענער צאָן, קען מען פֿאַררעכענען דעם אַרבל ווי אַ „סימן מובֿהק" און אַזוי מאַכן אַ סוף צו דעם ענין.

רבי דייַנאָ האָט זיך צוריקגעוואָרפֿן אויפֿן אָנלען פֿון זייַן

שוואַרצן לעדערנעם פּאָטעל. דאַכט זיך, ער האָט ענדלעך דערטאַפּט די לייזונג. ס'איז כּדאַי אָבער אַ ביסל אָפּוואַרטן – אפֿשר איז טאַקע רבינאָוויטש בכל־אופֿן געבליבן לעבן? דעמאָלט וועט זײַן אַ סקאַנדאַל! סטאָפּ... צי מיינט עס, אַז ס'איז דאָ אַ שאַנס, כאָטש אַ קליינער, אַז רבינאָוויטש איז טאַקע לעבעדיק? דער רבי איז ממש פֿאַרשוויצט געוואָרן. וואָס האָבן מיר אינעם קיישל? די באַנדיטן, דער פֿאַרפֿאַלענער ייִד, דער וועג, ווּ ער איז געגאַנגען, דער שאַרבן, דער גאָלדענער צאָן וואָס איז ניטאָ, דער אַרבל, די גויִישע עדות... יאָ, ס'איז דאָ נאָך דער שמועס צווישן דעם מאָנגאָלישן מיליציאָנער און דעם רוסישן אײַזנבאַן־אינספּעקטאָר. אַפּנים, אַ סך פֿאַקטן, און אַלע ווײַזן זיי אָן אויף דעם, אַז רבינאָוויטש איז שוין טויט. און אויב דער שאַרבן איז ניט זײַנער? און אפֿשר איז ער פֿאַרוווּנדעט געוואָרן, און זײַן לײַבהעמד איז געגאַנגען אויפֿן באַנדאַזש? איז ווּ איז ער איצט? סע שטייט דאָך געשריבן: אם נאבד יהודי בדרך...

קאַפּיטל 8

כינעזישע כונכוזן,
קאָזאַקישע אַטאַמאַנען
און דער „שוואַרצער
באַראָן" ראָבערט פֿאָן־
אונגערן

מיט דער צײַט איז רבינאָוויטש געוואָרן אַן אָפּטער גאַסט אין אורגאַ, וועלכע די אָרטיקע האָבן גערופֿן מיט אַ רעליגיעזן אָפּשײַ ניײסלעל־כורע – די מאָנאַסטיר־הויפּשטאָט, ווי אויך אין אַנדערע, ווייניק באַוווּסטע ערטער פֿון כאַלכאַ. ער האָט זיך באַקענט מיט אַ היפּש ביסל סוחרים דאָ, ערשטנס, מיט ייִדן און רוסן, און נאָך דעם מיט די היגע מענטשן – מאָנגאָלן, בוריאַטן, כינעזער, קאָרייער און אַפֿילו יאַפּאַנער. ער האָט זיך אויסגעלערנט זיך אָריענטירן אין דעם ענדלאָזן מאָנגאָלישן סטעפּ און אויסזוכן לויט קוים־באַמערקלעכע סימנים די צעוואָרפֿענע דאָ און דאָרט וואַנדער־לאַגערן. ער איז געוואָרן דערצו אַ מבֿין אין דער פֿאַרדרייטער לאָקאַלער פּאָליטיק און אין די פֿאַרפּלאָנטערטע באַציִונגען צווישן מאַנדזשוריע, כינע, מאָנגאָליע, רוסלאַנד און יאַפּאַן, וואָס האָבן געווירקט גאָר שטאַרק אויפֿן טאָג־טעגלעכן לעבן.

אויף דער מיזרח־כינעזישער אײַזנבאַן האָט ער איינגיכן געקראָגן אַ צוטרוי בײַ גרויסע ליפֿעראַנטן

און אַ פּאָר יאָר שפּעטער האָט ער שוין געהאַט צוויי בכּבֿודיקע פֿלייש־קאָנטאָרן – אויף דער סטאַנציע מאַנזשוריע און אין כאַרבין, וועלכע פֿלעגן טאָג און נאַכט אָננעמען און אַרויסשיקן די סחורה.

לויט טאָמאַשינסקיס מוסטער האָט ער אויסגעבויט פֿאַר זיך און זײַן קליינער משפּחה אַ צוויי־שטאָקיק מויערל, מנדבֿ געווען מיט אַ ברייטער האַנט אויף קהלישע נויטן, ווי, למשל, אַ פֿעטע סומע אויף צו ברענגען אַ געלערנטן רבי אַזש פֿון סלוצק, און אַזוי אַרום איז ער געוואָרן איינער פֿון די אָרטיקע חשובֿסטע פּרנסים. ווי אַ קלוגער און ווײַטזיכטיקער מאַן, פֿלעג רבינאָוויטש געבן געוויסע געלטער אויך אויפֿן רוסישן שפּיטאָל. דערצו האָט ער אָנטיילגענומען אין דער בויונג פֿון דער ערשטער אין דער שטאָט עלעקטראָ־סטאַנציע, וועגן וואָס האָט מען בפּרהסיה געמאָלדן אויף דער פֿײַערלעכער דערעפֿע־נונגס־צערעמאָניע.

אַלץ האָט בײַ אים געקלאַפּט קיין עין־הרע, ביז די באָל־שעוויקעס האָבן אין סוף 1917טן יאָר געפּרוּווט אָרגאַניזירן אין כאַרבין, מאַנזשוריע, ציציקאַר, כײַלאַר, בוכעדו און נאָך עטלעכע אײַזנבאַן־פּונקטן די אַזוי גערופֿענע „סאָוועטן פֿון אַרבעטנדיקע און זעלנערישע דעפּוטאַטן". דער הויפּט־פֿאַרוואַלטער פֿון דער מיזרח־כינעזישער אײַזנבאַן, גענעראַל כאָרוואַט, האָט געענט־פֿערט דערויף אויף אַ גאָר אומדערוואַרטן אופֿן, לכל־הפּחות פֿאַר אַ רוסישן פּאַטריאָט: ער האָט געבעטן הילף בײַ די כינע־זער. די „מאַנדאַרינישע" מיליטער (אַזוי האָבן זי גערופֿן די רויטע באָלשעוויקעס) האָט אָן סאַנטימענטן אַרויסגעוואָרפֿן די

בונטאַרן צוריק קיין רוסלאַנד. גענעראַל כאָרוואַט האָט דערוויַיל געפּרוּווט אויסניצן די כינעזישע אַרמיי פֿאַרן אײַנשטעלן לענגויס דעם אײַזנבאַן־פּאַס אַ מין „פֿרײַע כאָרוואַטיע" און־טער זײַן פֿאַרוואַלטונג, אָבער דער פּראָיעקט איז אין גיכן דורכגעפֿאַלן. די הויך־דיסציפּלינירטע „אײַזנבאַן־אימפּעריע", וואָס די רוסישע עקספּלואַטאַציע־קאָמפּאַניע האָט געשאַפֿן אין די לעצטע צוואַנציק יאָר, האָט אָנגעהויבן זיך צעפֿאַלן אויף קלענערע האַלב־אויטאָנאָמע „פֿירשטנטומס". די כינעזישע באַ־נדיטן „כונכוזן", די חוצפּהדיקע סיבירער קאָזאַקישע אַטאַ־מאַנען און אַנדערע „נישט־גיטערס" האָבן דיקטירט די נײַעווירקלעכקייט. אויך די כינעזישע מאַכט האָט פּלוצעם דערפֿילט זיך פֿרײַ צו פֿאַרבאָטן אָן שום דערקלערונגען דעם צושטעל פֿון עסן־אַרטיקלען אין דער אײַזנבאַן־זאָנע, אַרײַנצופֿירן נײַע צינדזן און אַקציזן און בכלל זיך אָנגעהויבן אַרײַנמישן אין דעם עקאָנאָמישן לעבן פֿון דער ביז איצט עקסטעריטאָריעלער מיזרח־כינעזישער אײַזנבאַן.

די סטאַנציע מאַנזשוריע גופֿא איז אויף אַ צײַט פֿאַרוואַנדלט געוואָרן אין דער רעזידענץ פֿונעם געוויסן אַטאַמאַן סעמיאָנאָוו. אין נאָמען פֿון דער צײַטווײַליקער רעגירונג, וואָס איז דעמאָלט געזעסן אין פּעטראָגראַד, האָט סעמיאָנאָוו צעטריבן דעם מאַנזשוריער שטאָטראַט און געמאָלדן וועגן דער מאָביליזאַציע אין זײַן אייגענער „מאָנגאָל־בוריאַטישער אַרמיי". די שטאָטישע גאַסן האָבן זיך אָנגעפֿילט מיט פֿאַרשיידנאַרטיקן ערבֿ־רבֿ, צו מאָל גאָר געפֿערלעכן פֿאַר ציווילע תּושבֿים. אין אָנהייב 1918 האָט סעמיאָנאָוו זיך אַריבערגעפּעקלט קיין סיביר, אָבער זײַן

„הייליק“ אָרט איז ניט געבליבן ליידיק: אַן אַנדער אַטאַמאַן, אָרלאָוו, איז געקומען מיט זײַנע קאָזאַקן. זייער הויפּט־פּרנסה האָבן די נײַע באַלעבאַטים מערסטנס געשעפּט פֿון די מיליטערישע קאָרדאָנען, וואָס זיי האָבן צעשטעלט אין דער סבֿיבֿה. אַ חוץ דעם, אַלע סחורות, וואָס האָבן געשטראָמט דורך דער אײַזנבאַן, האָבן זיי באַלייגט מיט דראַקאָנישע צינזן און צומאָל אויך מיט פּלוצעמדיקע רעקוויזיציעס. די רעקוויזירטע סחורה פֿלעגן זיי אַליין פֿאַרקויפֿן און צעטיילן דעם פּידיון צווישן זיך. און ווי ס'וואָלטן אָט די צרות ניט געווען גענוג, זײַנען די שטאָט באַפֿאַלן שרעקלעכע עפּידעמיעס איינע נאָך דער אַנדערער. אין אָנהייב איז דאָס געווען די בייזבאַוווּסטע כאָלערע פֿונעם יאָר 1919, אַ יאָר שפּעטער – די בובאָן־פּעסט, וואָס איז אינגיכן פֿאַרוואַנדלט געוואָרן אין דער לונגען־פּעסט און האָט אַוועקגעטראָגן לכל־הפּחות טויזנט מענטשלעכע לעבנס. צום סוף, איז געקומען די טיפֿוס־מכּה.

צום אָנהייב 1920 האָט זיך אײַנגעשטעלט אין מיזרח־סיביר, פֿון דער אָזערע בײַקאַל ביז דער שטאָט וולאַדיוואָסטאָק, דער מער־ווייניקער סטאַבילער רעזשים פֿון דער ווײַט־מיזרחדי־קער רעפּובליק, וואָס האָט עפֿנטלעך סימפּאַטיזירט די מאָסק־ווער קאָמיסאַרן. ווי אַ רעזולטאַט, האָבן די גרענעץ־סטאַנ־ציע מאַנזשוריע פֿאַרפֿלייצט טויזנטער סאָלדאַטן פֿונעם פֿאַר־שטאָרבענעם ווײַסן גענעראַל וולאַדימיר קאַפּעל, וואָס זײַנען קוים אַנטלאָפֿן פֿון סיביר, איבערגעמישט מיט געוועזענע סע־מיאָנאָווצעס. פֿון דאַנען האָבן זיי זיך צעשפּרייט איבער אַלע פּונקטן פֿון דער מיזרח־כינעזישער אײַזנבאַן און איבערגעמישט

מיט ציווילע בירגער. אָבער אַ קליינעם טייל זייערן, עטלעכע הונדערט מענטשן, אין שפּיץ מיטן קאָמאַנדיר פֿון דער אַזיאַטישער קאַוואַלעריסטישער דיוויזיע באַראָן ראָבערט פֿאָן־אונגערן, האָט זיך איַינגעגעבן אַריַינצודרינגען אין אויסערן־מאָנגאָליע, אפֿשר לויט דער געהיימער איַינלאַדונג פֿונעם „לע־בעדיקן בודהאַ" באָגדאָ־כאַן, וועלכער האָט שוין לאַנג געחלומט אַרויסצוּוואַרפֿן די כינעזער פֿון זיַין מלוכה.

צו דער אַלגעמיינער באַוווּנדערונג, אָט די קאַוואַלעריע, וועלכע האָט נאָר אָקאָרשט געמאַכט די פּליטה פֿון סיביר, האָט אויף עפּעס אַן אומבאַגריַיפֿלעכן אופֿן זיך ספּראַוועט מיט די פּילצאָליקע און גוט באַוואָפֿנטע כינעזישע אָפּטיילן, וואָס האָבן קוואַרטירט אין אורגאַ. נאָך צוויי חדשים בלאָקאַדע האָט פֿאָן־אונגערן איבערגענומען די שטאָט. דער־אָ געוועזענער צאַרישער אָפֿיציר, וואָס מיט זיַין חיהשער אַכזריותדיקייט האָט מען געסטראַשעט קליין און גרויס אין מאַנזשוריע זינט 1918, ציַיט ער איז געווען אַ מיליטער־קאָמענדאַנט אין כיַילאַר, איז געוואָרן בן־רגע דער גאַנצער דיקטאַטאָר פֿון כאַלכאַ.

עס האָבן זיך געמערט די משונה־ווילדע רכילותן וועגן זיַינע בלוטיקע אויפֿפֿירעכצן אין אורגאַ. צווישן די מאָנגאָלן־לאַמאַ:סטן, וואָס האָבן געגלייבט אין גילגולי־נשמות, איז אַפֿילו פֿאַרשפּרייט געוואָרן אַ מאָדנע גלויבונג, אַז דער ברוטאַלער און אומבערחמנותדיקער רוסישער באַראָן איז דער גילגול פֿונעם דעמאָנישן אָפּגאָט פֿון מלחמה מאַהאַקאַלאַ, וועלכן מע האָט געמאָלט באַפּוצט מיט מענטשלעכע אָפּגעהאַקטע קעפּ און שאַרבנס.

אין די ייִדישע קהילות פֿון דער מיזרח־כינעזישער אײַזנבאַן האָט מען מיט באַזונדערער אימה באַהאַנדלט די איבערראַשנדיקע ידעות אין דער אָרטיקער פּרעסע וועגן די פּאָגראָמען אין אורגאַ. אַלע זײַנען געווען שאָקירט מיט דעם, וואָס ס'איז געשען מיט איינעם אַ קאָרייעשן סוחר לי, וועלכן די אורגאַנער ייִדן האָבן געבעטן איבערגעבן קיין כאַרבין עטלעכע בריוו מיט הילף־בקשות. די פּאָגראָמשטשיקעס האָבן איבערגעכאַפּט די בריוו און געפּאָדערט פֿונעם קאָרעער איבערצוגעבן אין זייערע הענט די פֿאַרבאַהאַלטענע „זשידן־באָלשעוויקעס". יענער האָט זיך לכתּחילה פֿאַרעקשנט, אָבער זײַן האַרץ האָט ניט אויסגעהאַלטן, ווען די „אָראָסן" האָבן אַרויסגעשלעפּט אויף דער גאַס דעם מומיפֿיצירטן קערפּער פֿון זײַן דרײַ־יאָריק טעכטערל, וואָס איז געשטאָרבן מיט אַ פּאָר חדשים פֿריִער און געזאָלט געבראַכט ווערן צו דער טראַדיציאָנעלער קבֿורה אין דעם היימלאַנד קאָרעע. דער סוחר לי האָט אָנגעוויזן די מערדער דאָס הויז פֿון איינעם אַ חשובֿן מאָנגאָלישן פּירשט, און איז דערמאָרדעט געוואָרן אויפֿן אָרט. די ייִדן, וואָס האָבן זיך באַהאַלטן דאָרטן, האָבן געזען, אַז זייער גאַסטפֿרײַנטלעכער באַשיצער געפֿינט זיך אין סכּנה און פֿאַרלאָזט זייער מקום־מיקלט. פֿאַרשטייט זיך, מע האָט זיי גלײַך געכאַפּט און דערשאָסן נאָך ווילדע איז־דיעקענישן. זייערע קערפּערס, ווי ס'איז שוין געוואָרן אַ מינהג, האָט מען אָפּגעפֿירט הינטער דער שטאָט צום טײַך סעלבאַ און דאָרט געלאָזט פֿאַר די הינט.

די מאָנגאָלישע „קונצן" פֿון באַראָן פֿאָן־אונגערן האָבן געהאַט אַ שטאַרקע השפּעה אויף די שטימונגען אין און אַרום

כאַרבין. די דערנידעריקטע סעמיאָנאָווצעס זײַנען דערמוטיקט געוואָרן. אויך די באָלשעוויקעס האָבן ווידער געפּרוּווט צו פֿירן זייער פּראָפּאַגאַנדע צווישן דער באַפֿעלקערונג, באַגלײַך מיט די עמיסאַרן פֿון דער ווײַט־מיזרחדיקער רעפּובליק. די ייִדן האָבן זיך געהאַלטן פֿאָרזיכטיק און איבערהויפּט נייטראַל, אָן קיין איבעריקע סימפּאַטיעס צו דעם צי צו יענעם לאַגער, כאָטש ס׳איז געווען ניט פּשוט אײַנצוהאַלטן די בונדיסטן און אַנדערע סאָציאַליסטישע אַקטיוויסטן. די כינעזער, זעענדיק די שוואַכקייט פֿון רוסלאַנד, האָבן דערווײַל אײַנגאַנצן אָפּגעשאַפֿן דעם עקסטעריטאָריעלן סטאַטוס פֿון דער מיזרח־כינעזישער אײַזנבאַן, ניט געקוקט אויף דעם 80־יאָריקן קאָנצעסיע־אָפּמאַך. צום סוף, אין יוני 1921 האָט מען אַריבערגעפֿירט פֿון מוקדען צו דער סטאַנציע מאַנזשוריע די רעזידענץ פֿונעם כינעזישן גענעראַל־גובערנאַטאָר איבער די אַלע דרײַ מיזרח־צפֿונדיקע פּראָווינצן דזשאַנג דזאָ־לין, וועלכער האָט באַשלאָסן אײַנצאַמען דעם קצבֿ פֿון אורגאַ.

אין משך פֿון די־אָ אומרוּיִקע יאָרן און דעם גאַנצן פּלאָנטער איז מאָנגאָליע געבליבן דער עיקרדיקער קוואַל פֿונעם ביליקן פֿלייש, אין וועלכן עס האָבן זיך געניטיקט אי די פֿילצאָליקע מיליטערישע אָפּטיילן פֿון אַלע סאָרטן און קאָלירן, אי די פֿאַראָרעמטע באַפֿעלקערונג פֿון דעם מיזרח־כינעזישער אײַזנבאַן־פּאַס, אי דער רוסישער צד, וואָס האָט געשטרעבט צו באַנײַען דעם מיסחר, ווען די סיטואַציע אויף דער גרענעץ האָט זיך רעלאַטיוו באַרוּיִקט אין 1921. רבינאָוויטש האָט אויסערגעוויינטלעך גוט געפֿילט אָט די דינאַמיק און

געהאַלטן, ווי מעגלעך פֿאַרנעפּלט פֿאַר פֿרעמדע אויגן, זײַן מאָנגאָלישן פֿלייש־קאַנאַל. צו זײַן מזל, האָבן די פֿאָן־אונגערנס יאָלדן געפּראָוועט זייער שוואַרצע חגא איבערהויפּט אין די צפֿונדיקע טיילן פֿונעם לאַנד. די ריזיקע סטעפּ־שטחים צו מיזרח און דרום־מיזרח, ווו די נאָמאַדישע פּאַסטעכער האָבן זיך קוים פֿאַרגעשטעלט, וואָס ס׳קומט פֿאַר אין אורגאַ, זײַנען פֿאַרבליבן אומקאָנטראָלירט.

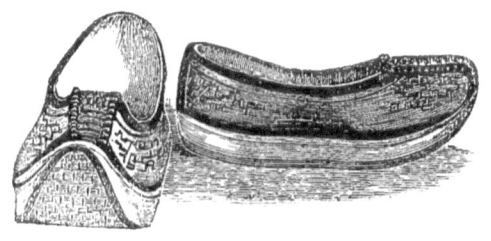

קאַפּיטל 9

אוי לי אם אומר ואוי
לי אם לא אומר. דער
כאַרבינער רבֿ אַהרן־משה
קיסין קומט צו הילף

רבי דײַנאָ האָט ענדלעך באַשלאָסן, אַז אין דעם עגונה־ענין איז בעסער ניט ריזיקירן, און געשיקט אַ שאלה מיט אַ פּרטימדיקער באַשרײַבונג צו דעם רבֿ קיסין קיין כאַרבין. די תּשובֿה איז געקומען גיך, שוין אין אַ וואָך אַרום. ניט קוקנדיק אויף די פֿינצטערע צײַטן, האָט די אײַזנבאַן־פּאָטשט פֿונקציאָנירט אויסגעצייכנט. אויך רבי קיסין האָט גוט פֿאַרשטאַנען, אַז מע טאָר ניט אָפּלייגן אַזעלכע פֿאַלן, מע דאַרף שמידן דאָס אײַזן כּל־זמן ס׳איז נאָך הייס.

אין זײַן תּשובֿה האָט דער כאַרבינער רבֿ אַהרן־משה קיסין אויסגעדריקט מיט אָנגענומענע שיינע ווערטער זײַן אָפּשײַ דעם יונגן קאָלעגע, זאָל זײַן ליכט שײַנען. ער האָט זיך באַקלאָגט אויף קאָפּווייטיקן, וועלכע האָבן אַ ביסל אָפּגעלאָזט אין די לעצטע טעג, אָבער נאָך אַלץ געבן אים ניט קיין מעגלעכקייט זיך אַוועקזעצן און זיך פֿאַרטיפֿן אין דער פֿאָרשונג פֿון אַזאַ ערנסטן און פֿאַראַנטוואָרטלעכן ענין, ווי דאָס באַפֿרײַען אַן עגונה, וואָס פֿאָדערט אַ סך עיון און

נאָך מער יישובֿ־הדעת. „וואָס קען מען דאָ זאָגן?" – האָט ער געפֿרעגט רעטאָריש. „אוי לי אם אומר ואוי לי אם לא אומר – מע טאָר ניט שווייַגן אין אַזעלכע גוואַלדיק וויכטיקע ענינים, כאָטש סע ווילט זיך שטאַרק. זאָלן מיר פֿאַרמאָגן דאָ אין אונדזערע תּחומים גרויסע גדולי־תּורה, וואָלט איך אַוודאי זיך אָפּגעהאַלטן פֿון אַרויסזאָגן מייַן חוות־דעת. נאָר ווייַט זייַנען מיר פֿון די תּורה־צענטערס אין רוסלאַנד און פּוילן, און ניטאָ צו וועמען זיך ווענדן מיט די האַרבע קשיות, אַזוי אַז איך פֿיל זיך מחויבֿ, נאָך אַ געוויסן עיון אין דער גמרא און אין די פּוסקים, צו באַהויפּטן אין דער שאלה. איך בעט נאָר אין מייַנע תּפֿילות, אַז דער אייבערשטער יתברך זאָל מיר אַרויסהעלפֿן נישט געשטרויכלט צו ווערן אינעם דבֿר־הלכה..."

נאָך די־אָ ווערטער איז רבי דייַנאָ געוואָרן שטאַרק הייס. אויב דער בכּבֿודיקער רבֿ קיסין האָלט, אַז עס נייטיקט זיך דאָ אַן אמתער תּלמיד־חכם, טאָ ווי לעכערלעך האָט אים מסתּמא אויסגעזען זייַן, רבי דייַנאָס, עם־האַרצישע לייזונג?

ווייַטער האָט דער רבֿ קיסין קורץ און תּמציתדיק פֿאַר־סכּהפֿלט דעם גאַנצן מצבֿ פֿון דאָס נייַ:

„דער געוויסער אַבֿרהם בר"ב נטע רבינאָוויטש פֿון די מאַנזשוריער תּושבֿים, וואָס איז אַרויסגעפֿאָרן קיין מאָנגאָליע צוליב זייַן מיסחר, איז שוין נעלם אַרום דרייַ חדשים און ס'איז אַרויס אַ קול, אַז ער איז דערהרגעט געוואָרן אין מאָנגאָליע פֿון גזלנים, און וועגן דעם האָט דער חשובֿער רבֿ דייַנאָ נ"י אָפּגע־נומען עדות.

„מנחם־מענדל טאָמאַשינסקי האָט איבערגעגעבן, אַז זײַנע באַקאַנטע בוריאַטן האָבן אים דערציילט, ווי זיי האָבן געזען די גזלנים נעמען מיט זיך אַבֿרהם רבינאָוויטשן און דערנאָך האָבן זיי געזען ווי די זעלבע גזלנים פֿאָרן אָן אים. דערווײַל זײַנען אָנגעקומען אויף יענעם אָרט די ברידער שמעון און ראובֿן רובינטשיק, און די גזלנים האָבן געסטראַשעט זיי צו הרגענען, זאָגנדיק, אַז איינעם אַ ייִד האָבן זיי שוין דערהרגעט, און אַוועקגערויבט זייער האָב־און־גוטס. די גזלנים האָבן מסתּמא געמיינט רבינאָוויטשן ר״ל, ווײַל קיין אַנדערע ייִדן זײַנען דעמאָלט ניט געווען אין יענע קאַנטן.

„מנחם־מענדל טאָמאַשינסקי האָט געשיקט די בוריאַטן אויסצוזוכן דעם פֿאַרפֿאַלענעם. די בוריאַטן האָבן אים ניט געפֿונען, אָבער זיי האָבן געזען אויפֿן וועג אַ שאַרבן אָן אַ צאָן אין דער אייבערשטער שורה. ווײַזט אויס, אַז עמעצער האָט אַרויסגעריסן דעם צאָן, וואָס איז מן־הסתּם געווען אַ גאָלדענער צאָן, און איבערגעגעבן אים אַ מאָנגאָלישן ׳צדיק׳. די בוריאַטן האָבן געבראַכט דעם שאַרבן טאָמאַשינסקין, שוין אָן אַ צאָן. רבינאָוויטש האָט טאַקע געהאַט אַ גאָלדענעם צאָן אין דער אייבערשטער שורה. און נאָך האָט איבערגעגעבן טאָמאַשינסקי, אַז פֿונעם רוסישן אײַזנבאַן־אינספּעקטאָר האָט ער געהערט, אַז יענער האָט געהערט פֿון אַ מאָנגאָלישן מיליציאָנער וועגן דעם מאָרד פֿון רבינאָוויטשן און אַז צוויי מאָנגאָלן האָבן געזען דעם מאָרד מיט זייערע אייגענע אויגן.

„דער צווייטער עדות, יקותיאל־יצחק פֿורסמאַן, האָט אויך געטענהט, אַז נאָך דעם, ווי די בוריאַטן האָבן דערציילט וועגן

דעם שאַרבן, האָט מען געשיקט אַן אויטאָמאָביל מיט פֿאָרשטייער פֿון דער מאָנגאָלישער מאַכט, כּדי אויסצופֿאָרשן דעם ענין. זיי האָבן געזען דעם שאַרבן און לעבן אים אַ העמדאַרבל און אַ שטיקל שטאָף פֿון דעם זעלבן העמד. לויט פֿורסמאַן, איז עס דאָס זעלבע לײַבהעמד, וואָס איז געווען אויף רבינאָוויטשן פֿאַרן אָפּפֿאָרן אַהיים פֿון מאָנגאָליע, פֿון סעראַפֿינקע ווי אַלע אַנדערע זײַנע העמדער, מיט פּאַסן און קניפּלעך ווי אויף אַנדערע זײַנע העמדער. ער האָט אויך געהערט אַ שמועה, אַז רבינאָוויטשן האָט מען געהרגעט אין מאָנגאָליע ווי אַ נקמה, ווײַל ער האָט זיך געמישפּט מיט עמעצן צוליב אַ טשערעדע שאָף, וואָס מע האָט בײַ אים אַוועקגעגנבֿעט פֿאַראַיאָרן. דאָס איז דער אינהאַלט פֿון די עדותן, וועלכע דער חשובֿער רבֿ דײַנאָ האָט אָפּגענומען...״

רבי דײַנאָ האָט פֿאַרגעזעצט לייענען ווײַטער, און זײַן פּנים האָט זיך פֿאַרגאָסן מיט רויטס.

„דער חשובֿער רבֿ האָט באַגרינדעט זײַן היתּר אויפֿן סמך פֿונעם העמדאַרבל. סע לייגט זיך ניט אויפֿן שׂכל, אַז לפֿי אַזאַ סימן קען מען באַפֿרײַען אַן עגונה – דער „שולחן ערוך״ פּסקנט פֿון אַ מעגלעכקייט, אַז אַ העמד קען מען אַנטלײַען. דער עדות האָט געטענהט, אַז ער האָט געזען רבינאָוויטשן אָנגעטאָן דווקא אין אַזאַ העמד פֿאַר זײַן אָפּפֿאָרן פֿון מאָנגאָליע אַהיים. אויב אָבער מיר וועלן אַפֿילו דערלאָזן, אַז באַלד נאָך דעם האָט רבינאָוויטש נישט איבערגעגעבן זײַן העמד צו אַן אַנדער מענטש, איז קיין וואָרט נישטאָ אין דער גמרא און בײַ די פּוסקים וועגן אַ געוויסער צײַט, וואָס שייך די מעגלעכקייט

פֿון אַנטלײַען. הייסט עס, אַז ס׳איז דאָ אַזאַ מעגלעכקייט נאָך אַ סך צײַט, און נישטאָ נאָך אַ ביסל צײַט. לאָמיר אָבער דערלאָזן אַ סבֿרא, אַז קיין אונטערשייד, וויפֿל צײַט איז אַריבער, אַ סך צי אַ ביסל, איז נישטאָ, און אַז מע קען אַנטלײַען אַ העמד אין משך פֿון גאָר אַ קורצער צײַט.

„דער ׳נודע ביהודה׳ דערקענט אַ חילוק צווישן פֿאַר שבת און נאָך שבת, ווײַל ס׳איז נישט געווען אָנגענומען צו בײַטן אַ לײַבהעמד בעת שבת, אָבער אין אונדזערע טעג און אין היגע ערטער, איז נישטאָ אַזאַ חילוק, פֿאַרשטייט זיך, ווײַל ס׳איז שוין לאַנג פֿאַרשפּרייט צו בײַטן העמדער בעת שבת גם כן.

„אַזוי, ווי מע זאָל ניט קוקן דערויף, פֿאַלט די מעגלעכקייט פֿון אַנטלײַען אָפּ נאָר דעמאָלט, ווען אַן עדות האָט פּערזענלעך דערקענט דעם אַרבל, אָדער דער אַרבל האָט געטראָגט אויף זיך אַ באַזונדערן סימן, ׳סימן מובֿהק׳. אונדזער עדות דערקלערט נישט, צי האָט ער דערקענט ממש דעם אַרבל, און עס גלייבט זיך קוים, אַז ער האָט פֿריִער געזען מיט זײַנע אייגענע אויגן אַ העמד, וואָס מע טראָגט אונטער אַלע בגדים און וואָס מע זעט נאָר בשעת שלאָפֿן; און אויך דעמאָלט וועט דאָס אויג ניט באַווײַזן צו זען עס פּרטימדיק. לויט אַלע סימנים, באַגרינדעט זיך דער עדות אויף דעם שטאָף, די פֿאַסן און די קניפּלעך, וואָס איז גאָר נישט קיין זיכערער סימן, פּונקט ווי די פֿאַרבן, חוורי וסומקי – בלאַסע און רויטע, זײַנען תּמיד גערעכנט ווי שלעכטע סימנים.

„ווײַטער, דער אַרבל האָט זיך געפֿונען נישט אויפֿן טויטן, נאָר לעבן אַ שאַרבן. אין דעם ׳בית שמואל׳ שטייט, אַז אויך

אַזעלכע חפֿצים, וואָס מע אַנטלײַט נישט כּסדר, ווי אַ בײַטל צי אַ רינג, שטעלן מיט זיך פֿאָר אַ סימן־מובֿהק נאָר דעמאָלט, ווען מע געפֿינט זיי אויפֿן טויטן גופֿא, און נישט לעבן אים. עס שטייט וועגן דעם אין 'גיטין'. רש"י טײַטשט: ווען מע געפֿינט אַ 'גט'־בריוו בײַ עמעצן אין די זאַכן, ווערט דער 'גט' זײַן גילטיק נאָר ווען די זאַכן זײַנען געווען בײַ אים אין דער היים, און אויך אין דעם פֿאַל, אַז דער 'גט' זאָל בשום אופֿן נישט ליגן לעבן די זאַכן. און ווען מע געפֿינט איידלשטיינער לעבן אַ בײַטל, טאָ לויט רש"י, געהערן זיי צו דעם בײַטל־אייגנטימער נאָר אויב זיי ליגן נישט ווײַט פֿון ד' אמות. אין תּוספֿתּא שטייט בלויז איין אמה און נישט מער. און דאָך האָט אונדזער עדות גאָרנישט דערקלערט ווי ווײַט פֿונעם שאַרבן האָט מען געפֿונען דעם אַרבל.

„לויט אָט די אַלע נימוקים, איז נישטאָ קיין שום מעגלעכ־קייט צו באַפֿרײַען די עגונה, נאָר פֿאַרקערט – ס'איז אַסור, פֿאַרווערט. דערצו איז אַ העמד נישט קיין בײַטל און נישט קיין רינג, וואָס מע אַנטלײַט זיי נישט כּסדר. אַזוי אַז אַפֿילו וואָלט דער עדות דערקענט דעם העמד ממש, אָדער עס וואָלט געווען אַ סימן־מובֿהק אויף אים, טאָ אויך דעמאָלט וואָלט מען ניט געקענט זיך פֿאַרלאָזן אויף אַזאַ עדות אָדער עס אויסניצן ווי אַן אומדירעקטער סניף..."

קאַפּיטל 10

אינעם אַנאַרכיסטישן לאַגער פֿון אַטאַמאַן קאַמישין

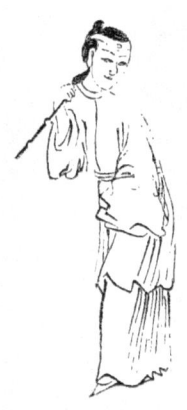

אַבֿרהם רבינאָוויטש האָט זיך צונויפֿגערעדט זיך טרעפֿן אין אַ וויאָרסט 50 פֿון אורגאַ מיט איינעם אַ רײַכן פֿי־סוחר, כּדי צו דערגאַנצן דעם אײַנקויף פֿון אַ גרויסער פּאַרטיע שאָפֿנפֿעל (רבינאָוויטש האָט שוין געהאַט אַ קליענט אין ווערכנעאודינסק). די טרעפֿונג איז אַדורך מיט מזל־און־ברכה. דערצו האָט ער באַגעגנט ממש אין דער סבֿיבֿה אַ בן־עיר, איינער יקותיאל פֿורסמאַן, וואָס האָט צוגעזאָגט פערזענלעך מיטברענגען די שאָפֿנפֿעל קיין מאַנזשוריע מיט זײַן קאַראַוואַן. עס איז פֿאַרבליבן רבינאָוויטשן צו פֿאַרענדיקן נאָך איין קליין געשעפֿטל און – אַהיים.

ווי אַ באָנוס, איז דער מאָנגאָלישער פֿי־סוחר געווען גרייט אַרויסצוהעלפֿן רבינאָוויטשן אײַנשטעלן אַ קאָנטאַקט מיט געוויסע „קאַמישינער", אַ קאָזאַקישע מאה, וואָס האָט זיך אָפּגעזונדערט פֿון דער פֿאָן־אונגערנישער אַרמיי און גענישטערט, דער עיקר, אויף דער גרענעץ צווישן דער אויסערן־ און אינערן־מאָנגאָליע, זוכנדיק אַ צופֿעליקע „פּרנסה", באַפֿאַלנדיק

סוחרים און רײַזנדערס. אין הסכּם מיט ענלעכע באַנדעס פֿלעגן די קאַמישינער אויסמײַדן מאַנזשוריע, ווו עס האָבן פֿרײַער באַלעבאַטעוועט די ממזרים פֿונעם אַטאַמאַן סעמיאָנאָוו און לעצטנס די כינעזער. רבינאָוויטש האָט געהאַט אַן ערנסטן פֿאָרשלאָג צו די קאַמישינער: אין די איצטיקע פֿינצטערע צײַטן וואָלט די באַנדע געקענט זיך פֿאַרוואַנדלען אין אַ בלײַענדיקער שוץ־אונטערנעמונג. אַ חוץ דעם, מיט דער הילף פֿון דער באַנדע וואָלט רבינאָוויטש אײַנרעגולירט איינע אַ פּערזענלעכע צרה.

מיט אַ פּאָר חדשים צוריק, סוף פֿעברואַר 1921, האָבן פֿאָן־אונגערנס מענטשן רעקווירירט ניט ווײַט פֿון דער רוסישער גרענעץ אַ טשערעדע שאָף, וואָס האָט געהערט צו רבינאָוויטשן. אָפֿיציעלע בריוו מיט פּראָטעסטן, וואָס רבינאָוויטש האָט געשיקט קיין אורגאַ, האָבן זיך אומגעקערט מיט אַ צושריפֿט: „דער ענין האָט זיך פֿאַרמאַכט צוליב דער אָפּוועזנהייט פֿונעם געמאָנטן". לויט זײַנע קאַנאַלן האָט רבינאָוויטש אויסגעפֿאָרשט, אַז די רעקוויזיציע איז געווען אַ פּריוואַטע איניציאַטיוו פֿון איינעם אַ קאָזאַקישן אונטער־אָפֿיציר טאַפּכאַיעוו. יענער איז געווען אונטערגעוואָרפֿן פֿאָן־אונגערן, אָבער, ווי געוויינטלעך, האָט ער אומאָפּהענגיק געוואַלדעוועט מיט זײַנע רויבער אויפֿן צפֿון פֿון אויסערן־מאָנגאָליע. לויט רבינאָוויטשס פּלאַן, וואָלט „זײַן" באַנדע „קידנעפּט" דעם פֿרעכן אונטער־אָפֿיציר און צוגעוואָרפֿן אים דירעקט צו די מאַכט־אָרגאַנען פֿון אורגאַ, כּדי פֿאָן־אונגערן, וואָס האָט פֿײַנט געהאַט זעלבסטשטענדיקע טריט אין זײַן אַרמײ, זאָל שוין אַרויסשלאָגן פֿון יענעם דאָס ביסל לעבן.

דרייענדיק אינעם קאָפּ פֿאַרשיידענע כיטרע פּלענער, האָט רבינאָוויטש ניט איבעריק גיך מאַנעווורירט מיט זײַן באַדעקטן וואָגן, אײַנגעשפּאַנט אין צוויי פֿעסטע פֿערדלעך, צווישן שטיי־נער און קאָלדאָבינעס פֿונעם מאַנזשורער טראַקט. ווי גע־וויינטלעך, האָבן אים באַגלייט דרײַ רײַטנדיקע „אולאַטשי" – באַוואָפֿנטע וועגווײַזער־בוריאַטן. אין אַזאַ שווערער צײַט האָט יעדער סוחר געמוזט זיך באַוואָרענען מיט אייגענע זיכערקייט־מיטלען. פּלוצעם האָבן רבינאָוויטשס געדאַנקען איבערגעריסן עטלעכע שיסערײַ־קלאַנגען. אַרויסרוקנדיק דעם קאָפּ פֿון אונטער דעם פֿאָרהאַנג, האָט ער באַמערקט אויפֿן וועג אַ רײַטנדיקע גרופּע פֿון אַן ערך פֿופֿצן מענטשן. די בוריאַטן האָבן זיך אָפּגעשטעלט און, אָפּהאַלטנדיק די טאַנצנדיקע פֿערד, גענומען עפּעס הייס אַרומריידן אויף זייער לשון. אַרויס פֿונעם וואָגן, איז רבינאָוויטש געבליבן שטיין זיך האַלטנדיק פֿאַר דעם וואָגנס הילצערנעם ווענטל, הינטער וועלכן עס איז געלעגן זײַן געטרײַע ביקס „דרײַלינייקע", פֿאַרדעקט מיטן פּעלץ.

די רײַטערס האָבן זיך פּאַמעלעך דערנענטערט צום וואָגן. לויט די אַרמייִשע עלעמענטן אין זייער קליידונג איז געווען קלאָר, אַז זיי זײַנען געוועזענע רוסישע סאָלדאַטן. „ווער זענט איר?" – האָט מיט אַ טיפֿן באַס אַ שרײַ געטאָן איינער פֿון זיי, אַ באַבערדיקטער מאַנצביל אין אַ שעפּסענעם פּאַפּאַכע־הוט, ברייטע גאַליפֿע־הויזן און אַן אָפּגעבליאַקעוועטן אָפֿיציר־קיטל מיט אָפּגעריסענע עפּאָלעטן. „פֿון מאַנזשוריע זענען מיר", – האָט געאײַלט צו ענטפֿערן רבינאָוויטש. „צי זענט איר פֿון די קאַמישינער?" – האָט ער צוגעגעבן מיט אַ געמאַכטער

אינטאָנאַציע פֿון חשדנות און שׂימחה צוזאַמען.

דערווײַל זײַנען די אולאַטשי זיך צעגאַנגען אין די זײַטן, געבנדיק דעם וועג די רוסישע רײַטערס. „און אויב יאָ פֿון די קאַמישינע, טאָ וואָס?" – האָט זיך אומפֿרײַנדלעך אָפּגערופֿן דער באַבערדיקטער, דרייענדיק די לייצעס אין דער האַנט. „האָב איך טאַקע מיט אײַך געדאַרפֿט זיך טרעפֿן בײַ דאַווינדאַלן!" – האָט אָפּגעענטפֿערט רבינאָוויטש מיט אַ געמאַכט געלעכטערל. „ווער ביסטע?" – האָט נאָך אַלץ גראָבלעך פֿאַרגעזעצט זײַנע אויספֿרעגן דער באַבערדיקטער מיט דעם זעלבן דראָענדיקן טאָן. דערמיט האָט ער צוגעשאָקלט זײַנע שותּפֿים. יענע האָבן אָפּגעלאָזט די צוימען און געגעבן זייערע פֿערד צו פֿאַרזוכן די פֿאַרשטויבטע גראָזן בײַם ראַנד פֿונעם טראַקט. „כ'בין אַ סוחר, אַבראַם נאַטאַנאָוויטש רבינאָוויטש, כ'האָב אַ פּריוואַטע זאַך צו דעם אַטאַמאַן קאַמישין", – האָט רבינאָוויטש געענטפֿערט מיט שטאָלץ. „ווי זאָגסטע, נאַטאַנאָוויטש־רבינאָוויטש?.. ביסטע פֿאָרט פֿון די זשידעס? מיר האָבן אָקאָרשט געקוילעט איינעם אַזאַ".

די באַנדיטן האָבן זיך פֿרעך צעגאָגאָטשעט, נאָר רבינאָוויטש האָט זיך ניט פֿאַרלוירן: „כ'בין אַ רוסישער אונטערטאַן, געבוירענער אין מאַלאָראָסיע, כ'לײַד מיט דער גאַנצער נשמה פֿאַר דער באַפֿרײַונג פֿונעם היימלאַנד פֿון די רויטע נבֿלות". די באַנדיטן האָבן אויפֿגעהערט צו לאַכן און אַ קוק געטאָן אויף זייער הויפּט. יענער האָט אָפּגעשוויגן אַ ווײַלע און ענדלעך אַרויסגערעדט מיט חשיבֿות: „נו, קער אויף צוריק דעם וואָגן און הײַדאַ מיט אונדז צום אַטאַמאַן. ס'איז ניט ווײַט. און די

קאַסאַקע־לײַט, – ער האָט אַ פּאָכע געטאָן מיט דער האַנט אין דער ריכטונג פֿון די בוריאַטן, – לאָז זיי פֿאָרן אַהיים. מיט אונדז, האָסטע דאָ ניש׳ פֿאַר וועמען זיך שרעקן". די בוריאַטן האָבן אַ פֿרעגנדיקן קוק געטאָן אויף רבינאָוויטשן און, נאָך זײַן באַשטעטיקונג, בן־רגע זײַנען זיי נעלם געוואָרן אינעם שטויביקן וואָלקן.

רבינאָוויטש האָט פֿאַרראָכטן זײַן קאַרטוז און, ניט אײַלנ־דיק, זיך געלאָזט אין וועג אַרײַן לעבן זײַן וואָגן, באַגלייט פֿונעם רײַטנדיקן באַבערדיקטן פֿאַרשוין. „וואָס הערט זיך עפּעס אין אורגאַ?" – האָט ער אַ ביסל שפּעטער אַ פֿרעג געטאָן דעם מענטשן, קוקנדיק אין אַ זײַט און ניט אַרויסווײַזנדיק קיין איבעריקן אינטערעס. „ביסטע אַראָפּ פֿון הימל?" – האָט זיך גראָב אָפּגערופֿן דער קאָזאַק. „די רויטע האָבן פֿאַרכאַפּט אורגאַ, מיט דער הילף פֿון... נו, ווי הייסט ער, סוכעבאַטאָר מיט זײַנע 'טאָוואַרישטשעס'..." – „אַזוי?.." – האָט זיך אין דער אמתן געחידושט רבינאָוויטש. – „און ווו איז באַראָן פֿאָן־אונגערן?" – „דער טײַוול ווייסט ווו ער איז... אַנטלאָפֿן! עס פּראָווען דאָרטן בײַ די רויטע דײַנע פֿרײַנט זשידעס, קענסט אויסקלערן בײַ זיי, – דער קאָזאַק האָט אַ שפּײַ געטאָן און געוואָרפֿן אַ פֿײַנטלעכן בליק אויף רבינאָוויטשן. „זיי האָבן שוין לאַנג געוואָלט מיט אים זיך אָפּרעכענען אין נאָמען פֿון דער רעוואָלוציע, פֿאַר זײַנע אויסגעהרגעטע ברידער. נאָר יענער האָט באַשלאָסן נישט צו וואַרטן און, פֿיו, דער פֿויגל איז אַוועקגעפֿלויגן און ניט פֿאַרגעסן צו פֿאַרכאַפּן מיט זיך די געלטער". – „וואָסערע געלטער?" – האָט מאַשינעל איבערגעפֿרעגט רבינאָוויטש,

פּרווּנדיק, ווי מעגלעך גיך, באַנעמען די נײַע אינפֿאָרמאַציע.
– „וואָסערע געלטער? דאָס גאַנצע געלד פֿון די מאָנגאָלישע בענק"?

די שטילקייט איז געשטאַנען אַ שטיקל צײַט, איבעררײַסנדיק זיך נאָר מיטן כראָפּ פֿון פֿערד און סקריפּ פֿון די וואָגן־רעדער. „און ווּ זײַנען די רויטע איצט?" – האָט נאָכאַמאָל אַ פֿרעג געטאָן רבינאָוויטש, פֿאַרגעסנדיק פֿון דער אָקאָרשטער סכּנה. „מסתּמא זוכן זיי נאָך פֿאָן־אונגערן. ער איז זיכער אויפֿן וועג קיין מאַנזשוריע". דער באַנדיט האָט אַ ווײַלע געשוויגן און צוגעבורטשעט זיך אונטער זײַן נאָז: „און דער טראַקט קיין מאַנזשוריע איז דאָך נאָר איינער. נישטאָ מער אונדזער טײַערן פֿויגל ווּ זיך צו באַהאַלטן..."

רבינאָוויטש האָט שוין זייער קלאָר געכאַפּט די גאַנצע מעשׂה.

אינעם לאַגער פֿון די קאַמישינער, וואָס האָט זיך צעלייגט אויפֿן שטיינערנעם סאָפּקע־שיפּוי, באַוואַקסן מיט שיטערלעכן וועלדל, האָט רעגירט אַן אַנאַרכיסטישע סומאַטאָכע. אַרום פֿופֿציק מענטשן, אָנגעטאָן אין פֿאַרשיידנמאַסטיקע מונדירן, אוניפֿאָרמעס און סתּם פּויערישע פּעלצלעך, זײַנען צעפּאָלאָשעט אַרומגעלאָפֿן צווישן אַ צענדליק אַרמייִשע ברעזענטענע בײַדלעך. דער באַבערדיקטער פּאַרשוין האָט אַרײַנגעשטופּט רבינאָוויטשן אין איינעם פֿון די בײַדלעך.

אין מיטן דעם האַלב־פֿינצטערן רוים האָט זיך געהוידלט אַ האַמאַק מיט דער אַנטי־מאָסקיטער נעץ, צוגעטשעפּעט צו דער סטעליע. אינעם האַמאַק איז געזעסן דער אַטאַמאַן קאַמישין

בכבֿודו־ובֿעצמו און טיפֿזיניק געריייכערט אַ ציגאַרקע. ער האָט פֿריילעך אַ קוק געטאָן אויף זײַנע געסט און, אויסהערנדיק דעם ענין, גרינגשעצעריש אַ פֿאָכע געטאָן מיט דער האַנט: „כ׳ווייס, כ׳ווייס, אָבער ניטאָ קיין צײַט איצטער, ברידערלעך...״ אין דעם זעלבן מאָמענט האָט זיך דער אַרײַנגאַנג־פֿאָרהאַנג פֿונעם בײַדל ווידער געעפֿנט. אַ פֿאַרשטויבט און פֿאַרסאָפּעט קאָזאַקל האָט הייזעריק אַרויסגעגעבן: „סע דאַכט צאַך עמיץ קומט צו רײַטן... אַ 30־40 רערן, נישט מער״.

קאַפּיטל 11

דער סוף פֿון דעם „שוואַרצן באַראָן“ און די מפּלה פֿון אַטאַמאַן קאַמישינס באַנדע

ניקאָלײַ ערצבאַשעווסקי איז אַרײַנגעפֿאַלן אין דער אַרמיי פֿון פֿאָן־אונגערן צוליב אַ צופֿעליקייט. ווען ער האָט נאָך געדינט אין דער סיבירער שטאָט אָמסק אינעם ניט־הויכן אָפֿיציר־ראַנג פֿון „קאָרנעט" בײַ אַדמיראַל אַלעקסאַנדר קאָלטשאַק, דעם לעצטן „הויפּט־רעגירער" פֿון דער צעפֿליקטער רוסישער מלוכה, און אויך שפּעטער, בעת ער מאַרשירט מיט די רעשטלעך פֿון גענעראַל קאַפּעלס צעשמעטערטער אַרמיי אַרום דער אָזערע בײַקאַל, האָט ערצבאַשעווסקי געהערט ווילדע ידיעות פֿון דער חיהשער אויפֿפֿירונג מצד דעם „שוואַרצן באַראָן" אין דאַוריע און אין אורגאַ. בעת יענעם בײַז־באַוווּסטן שרעקלעכן בײַקאַלער „אײַזמאַרש" (וואָס וואָלט געוועזן בעסער אָנצורופֿן „ויברח־מאַרש") האָט דער קאָרנעט זיך געזעגנט מיט געוויסע אילוזיעס מכּוח „ערע־און־כּבֿוד פֿון דער רוסישער אַרמיי", אָבער צו דינען דעם באַראָן פֿאָן־אונגערן, אַפֿילו אומדירעקט, האָט ער געהאַלטן, אַז ס'איז אַ נידעריקסטע מדרגה פֿאַר אַן אמתן רוסישן אָפֿיציר.

זײַענדיק שוין אין די זאַבײַקאַלער סטעפּן, ניט ווײַט פֿון דער מאָנגאָלישער גרענעץ, האָט אַ גרופּע געוועזענע קאַ־פּעל־אָפּיצירן און ערצבאַשעווסקי בתוכם, געהערט וועגן די אומדערוואַרטע נצחונות אין דעם אַזוי גערופֿענעם מיזרח־טורקעסטאַן פֿון נאָך איין רוסישן ווײַסן גענעראַל, באַקטשיטש, וואָס זײַנע אָפּטיילונגען האָט מען פֿריִער אינטערנירט אויף צפֿון־מערבֿ כינע. דעם שטאַב האָט גענעראַל באַקטשיטש אַרײַ־בערגעפֿירט אין דער מערבֿ־מאָנגאָלישער שטאָט כאָווד, וווּהין די אויפֿגעמונטערטע אָפּיצירן האָבן באַשלאָסן זיך אַדורכרײַסן דורך גאַנץ מאָנגאָליע, אַ מהלך פֿון אַרום 2,000 ק"מ.

אויפֿן וועג, שוין אויף דער מאָנגאָלישער זײַט, האָבן די געוועזענע קאַפּעל־אָפּיצירן זיך אָנגעשטויסן אויף אַ מענגע פּליטים פֿון דרום. דאָס זײַנען געווען רוסישע קאָלאָניסטן, וואָס האָבן אָפּגעלעבט לאַנגע יאָרן אין מאָנגאָליע, געגרינדעט דאָרטן דערפֿער און פֿאַקטאָריעס, און איצט האָבן זיי געשטרעבט זיך אומקערן קיין מוטער־רוסלאַנד, אָפּצוזוכן פֿאַר זיך אַ מקום־מיקלט. מיט שרעק אין די אויגן האָבן די־אָ אָרעמע מענטשן דערציילט וועגן דעם, ווי פֿאָן־אונגערנס משרתים פֿלעגן פֿאַר־וואַנדלען אין אַש־חורבֿות די רוסישע און מאָנגאָלישע ייִשובֿים, וואָס האָבן זיך אָפּגעזאָגט צושטעלן לויט דער ערשטער פֿאָדע־רונג „פּרײַוויליקע" צו דער אַזיאַטישער אַרמיי פֿונעם „שוואַרצן באַראָן". בײַ פֿאָן־אונגערן האָט מען געהרגעט אויך די נײַ־געקומענע פֿון רוסלאַנד „ווײַסע", וועלכע מע האָט פֿאַרדעכטיקט אין פֿאַרבינדונגען מיט די באָלשעוויקעס.

אַ פּאָר ערצבאַשעווסקיס מיטגייערס האָבן גלײַך זיך גע־

לאָזט צוריק, אָבער דער קאָרנעט מיט אַנדערע קאָלעגעס האָבן באַשלאָסן בכל־אופֿן זיך אַדורכרײַסן צו באַקטשיטשן אומ־באַמערקלעך פֿאַר פֿאָן־אונגערנס יאַטן. דער שטח איז געווען גאָר פֿרעמד פֿאַר זיי, און ערגעץ אין דער סבֿיבֿה פֿונעם טײַך אַרכאָן האָבן זיי זיך אָנגעשטויסן אויף די קאָזאַקן פֿונעם אַטאַ־מאַן קאַמישין.

דער געוועזענער אָפּטייל־עלטסטער אין דער זאַבײַקאַלער קאָזאַקישער דיוויזיע, קאַמישין איז געווען אַ ווײַט ניט קיין נאַרישער מענטש מיט אַ ספּעציפֿישן הומאָר־חוש און נייגונג צו ברייטע זשעסטן. זײַענדיק פֿאָרמעל אונטערגעוואָרפֿן פֿאָן־אונגערן, פֿלעגט ער גאַסטפֿרײַנטלעך אויפֿנעמען דעם באַראָנס שליחים, אָבער געהאַלטן האָט ער זיך פֿון זיי ווי מעגלעך ווײַטלעך. מיט פֿרייד האָט ער באַגריסט די געוועזענע קאַפּעל־אָפּיצירן און פֿאַרגעלייגט זיי זיך אָנשליסן צו זײַנע כּוחות, אַרום הונדערט סאַבליעס. ערצבאַשעווסקיס גרופּע האָט באַשלאָסן אָפּצולייגן אַ ביסל די פּלענער זיך צו פֿאַראייניקן מיטן גענעראַל באַקטשיטש און פֿאַרט אָנגענומען קאַמישינס פֿאַרבעטונג, כאָטש געטאָן עס מיט אַ שווער האַרץ.

גאָר אינגיכן האָבן זיי פֿאַרשטאַנען, מיט וועמען זיי האָבן דאָ צו טאָן. דעם גאַנצן חודש מײַ 1921 זײַנען די קאַמישינער אָנגעפֿאַלן אויף די סוחרישע קאַראַוואַנען און זיך פֿאַרנומען מיט די אַזוי גערופֿענע „רעקוויזיציעס”, אַנדערש געזאָגט, מיט פֿרעכער באַגזלונג פֿון מאָנגאָלישע ייִשובים. ביז איצט האָבן די גזלנישע אָנפֿאַלן ניט דערפֿירט צו קרבנות, וואָס האָט זייער געפֿרייט ערצבאַשעווסקי.

ס׳רובֿ קאַמישינער האָבן געחלומט דורכשמוגלען קיין מאַנזשוריע און זיך דאָרט באַזעצן אויף איינער פֿון די סטאַנציעס בײַ דער מיזרח־כינעזישער אײַזנבאַן. אַלע אָבער האָבן גוט געוווּסט, אַז די כינעזישע רעגירונג, בייז אויף דעם מאַסנמאָרד פֿון זייערע סאָלדאַטן אין און אַרום אורגאַ, זוכן מיט ליכט זיך אָפּרעכענען מיט יעדן איינעם, וואָס איז פֿאַרבונדן מיט אונגערן. דער וועג קיין רוסלאַנד איז אויך געווען פֿאַרשלאָסן: די פּראָסאָוועטישע פֿאָלקס־אַרמיי פֿון דער ווײַט־מיזרחדיקער רעפּובליק אונטער דער קאָמאַנדשאַפֿט פֿון וואַסילי בליוכער האָט ניט דורכגעלאָזט קיין שום מעגלעכקייט צו דערווײַזן מאָסקווע ווי פּרינציפּיעל איז זי אין איר געראַנגל קעגן די „ווײַסע".

אייניקע פֿון די קאַמישינער האָבן געשמועסט וועגן אַנט־לויפֿן קיין אינדיע דורך טיבעט, אָבער דער וועג אַהין איז געלעגן דורך דעם טייטלעכן מידבר גאָבי, ווו די מענטשן האָבן ריזיקירט, באַזונדערס זומער־צײַט, פּשוט אַוועקצושטאַרבן אין די זאַמדן פֿון הונגער און דורשט. אַזוי אַז אי קאַמישינס מענטשן, אי ערצבאַשעווסקי מיט זײַנע פֿרײַנט איז געבליבן דערווײַל נאָר איין זאַך – איבערצוּוואַרטן עד יעבור זעם, ביז די צרות וועלן אַריבער, אויפֿן צפֿון־מיזרח כאַלכאַ, זיך האַלטנדיק ווײַט פֿון אַלע גרעסערע כּוחות: רוסישע, סאָוועטישע, כינעזישע און די נײַ־אויסגעפֿורעמטע מאָנגאָלישע פֿאָלקס־אַרמיי.

סוף יוני 21סטן איז אָנגעקומען אַ מאָדנער באַפֿעל פֿון פֿאָן־אונגערן – זיך אָנשליסן צו זײַנע הויפּט־כּוחות פֿאַר דער אַמביציעזער קאַמפּאַניע אָנצוגרײַפֿן די „צעשטערערס פֿון

רוסלאַנד". דער באַפֿעל האָט אויסגעזען ווי אַ קראַנקער אומזין. צווישן אַנדערע זאַכן, האָט דער באַראָן גערופֿן „אויסראָטן קאָמיסאַרן, קאָמוניסטן און ייִדן צוזאַמען מיט זייערע משפּחות".

קאָמישין האָט באַשלאָסן זיך צײַטווײַליק צוריקציִען דרום־צו. כּדי פֿאָן־אונגערנס מענטשן זאָלן אים ניט כאַפּן אומגעריכט, האָט ער געדאגהט צעשטעלן וואַכטן אויף אַלע ריכטונגען. לעצטנס, זײַנען צו אים דערגאַנגען די קלאַנגען וועגן פֿאָן־אונגערנס מפּלה אין מיזרח־סיביר און זײַן כּוונה זיך אַדורכשלאָגן דורך מאָנגאָליע קיין מאַנזשוריע. די קאָמישינער האָבן פֿאַרשטאַנען, אַז אַ צופֿעליקע טרעפֿונג מיט פֿאָן־אונגערן קען זיך פֿאַרענדיקן זייער שלעכט און האָבן זיך געהאַלטן וואַך. זיי האָבן גענישטערט אין דער סבֿיבֿה, און בעת איינעם אַזאַ אויספֿלוג האָבן זיי אָנגעטראָפֿן אויף רבינאָוויטשס וואָגן. דער טאָג, ווען מע האָט געבראַכט צו שלעפּן רבינאָוויטשן אין אַטאַמאַן קאָמישינס לאַגער, איז געוואָרן פֿאַר דער באַנדע דער לעצטער.

מיט דער צײַט איז ערצבאַשעווסקין געוואָרן שווער אויפֿצושטעלן אין זכּרון די געשעענישן פֿון יענעם טאָג. אַלץ איז פֿאָרגעקומען גאָר האַסטיק. די זון האָט זיך שוין שקיעהדיק גענייגט צום מערבֿ, ווען אַ וועכטער האָט ראַפּאָרטירט וועגן דער דערנענטערונג פֿון עטלעכע צענדליקער רײַטערס. די קאָמישינער זײַנען זיך צעלאָפֿן צו זייערע שלאַכט־פּאָזיציעס, צוגעגרייט באַצײַטנס צווישן די וואַלגערשטיינער. די רײַטערס, ווי ס'האָט זיך אַרויסגעוויזן, זײַנען געווען רעשטן פֿון דער מאָנגאָלישער מאה פֿון פֿאָן־אונגערנס פּערזענלעכן שוצטייל.

מע האָט זיי דערקענט לויט זייערע משונהדיק־לאַנגע כאַלאַטן מיט אַקסלבאַנטן, וועלכע ס׳האָט אויסגעטראַכט, לויט רכילותן, דער באַראָן גופֿא. פֿאָן־אונגערן גופֿא אָבער האָט מען צווישן די רײַטערס ניט געזען. קאָמישין האָט איבערגעפֿירט דעם אָטעם און אײַנגעאָרדנט, אַז זײַנע קאָזאַקן זאָלן אָפּטרעטן פֿון די פּאָזיציעס.

די מאָנגאָלן זײַנען אַרײַן אין לאַגער. זיי זײַנען אַראָפּגע־שפּרונגען פֿון די פֿערד און אָנגעהויבן דערציילן, אַז ווען די אַזיאַטישע אַרמיי האָט פֿאַרשפּילט אין די שלאַכטן מיט „רויטע", איז געשען אַן אויפֿשטאַנד און די אייגענע סאָלדאַטן האָבן געדראָט צו הרגענען פֿאָן־אונגערן. יענער איז צום סוף אַנטלאָפֿן. מע זאָגט, אַז די רויטע האָבן אים שוין ערגעץ אַרעסטירט, אָבער קיינער ווייסט עס ניט אויף זיכער. ווו איז געווען דעמאָלט פֿאָן־אונגערנס פּערזענלעכע מאָנגאָלישע מאה, האָט קאָמישין ניט געוואָלט פֿרעגן. בײַ דעם פֿערדזאָטל פֿון סעמענדזשי־כאַן, דעם עלטסטן פֿון דער מאה, האָט ער באַמערקט צוויי גוט אָנגעשטאָפּטע לעדערנע טאָרבעס. סעמענדזשי־כאַן האָט אויסגעזען הויך און דיק, ווי דער יאַפּאַנישער סומאָ־ראַנגלער. אַ מאָל, אַזוי האָט מען דערציילט, האָט ער אַוועקגעלייגט מיט גאָלע הענט דעם באָגדאָ־כאַנס ליבלינג אונדור גאָנגאָה, אַ ריז פֿון אַכט פֿיס די גרייס.

סעמענדזשי־כאַן האָט איבערגעכאַפּט קאָמישינס בליק. לויטן בליאַסק פֿון דעם מאָנגאָלס שוואַרצע אויגן איז קאָמישינען געוואָרן קלאָר, אַז יאָ, אָט איז דאָס... צווישן די קאָזאַקן האָט מען שוין לאַנג זיך געשושקעט וועגן דעם רעקווירירטן גאָלד

פֿון די בענק פֿון אורגאַ. לויט אייניקע ווערסיעס, וואָס האָבן געקלונגען ווי טיפּיש־אָריענטאַלישע מעשׂיות, האָט פֿאָן־אונ־גערן פֿאַרגראָבן דאָס גאָלד ערגעץ אויף דעם הייליקן באַרג באָגדאָ־אול אָדער פֿאַרבאַהאַלטן עס אַזש אויפֿן דנאָ פֿונעם טײַך אָרכאָן. אָבער ס׳רובֿ מענטשן האָבן זיך געניגט צום געדאַנק, אַז דאָס גאָלד וואַרט אויפֿן באַראָן אין די כאַרבינער באַנקסייפֿן. ווי עס זאָל ניט זײַן, האָט קאָמישין איצט ניט געהאַט קיין ספֿק, אַז לכל־הפּחות אַ טייל פֿון די אוצרות געפֿינט זיך אין די טאָרבעס פֿון סעמענדזשי־כאַן.

סעמענדזשי־כאַן האָט אַ פּײַף געטאָן פּונקט אין דער רגע, ווען דער אַטאַמאַן קאָמישין האָט אויסגעשאָסן. פֿאַלנדיק, האָט דער מאָנגאָל נאָך באַוויזן צו באַמערקן ווי זײַנע מענטשן לויפֿן צו זייערע פֿערד. קאָמישין האָט זיך אַ וואַרף געטאָן צו די טאָרבעס, אָבער אין דעם זעלבן מאָמענט האָט אַ קורצער שמאָלער מעסער מיט אַ הילצערנעם הענטל זיך אַרײַנגעשטאָכן אים אין גאָרגל.

אינעם לאַגער האָט זיך צעפֿלאַקערט אַ בלוטיקער שלאַכט. די מאָנגאָלישע שלאַכטמענער האָבן זיך געשלאָגט זייער ערנסט. דער רוים צווישן די בײַדלעך האָט זיך גיך פֿאַרפֿילט מיט טויטע קערפּער. נאָר די קאָזאַקן האָבן גענומען מיט זייער צאָל, און די מאָנגאָלן – איינער קעגן צוויי, האָבן זיך פּאַמעלעך צוריקגעצויגן קיין סטעפּ אַרײַן. די פֿאַרבליבענע קאָזאַקן האָבן זיי ניט אָפּגעלאָזט, נאָכגעפֿאָלגט מיט ווילדע געשרייען.

קאַפּיטל 12

אַ פֿאַרשטעלטער
בודהיסטישער מאָנאַך
גייט צו פֿוס איבער דעם
אימפּעראַטאָרישן טראַקט
פֿון פּעקין ביז מוקדען

ניקאָלײַ ערצבאַשעווסקי האָט נאָכגעקוקט נאָך דעם שלאַכט פֿון הינטער אַ גרויסן וואַלגער־שטיין. קיין שום חשק אַוועקצושטאַרבן פֿאַר גאָרנישט האָט ער ניט געהאַט. דערווײַל איז געוואָרן פֿינצטער און, ווי תּמיד אין דער אָפֿענער סטעפּ, אויך קאַלט. ערצבאַשעווסקי האָט פֿאָרזיכטיק צוגעצויגן צו זיך דעם לאַנגן מאָנגאָלישן כאַלאַט אונטערגעשלאָגן מיט וואַטע, וואָס איז צופֿעליק געלעגן לעבן זײַן מקום־מיקלט. מיטן עק אויג האָט ער באַמערקט עפּעס אַ באַוועגונג. ניט ווײַט אויף דער ערד האָט זיך גערירט אַ מענטש, אַרומכאַפּנדיק דעם קאָפּ מיטביידע הענט. דער מענטש האָט זיך אויסגעדרייט צו די גאַלאָפּירנדיקע קאָזאַקן, אויפֿגעשטאַנען און פּלוצעם, מיט קאָמישע געגנדז־טריט, זיך געלאָזט לויפֿן אין דער זעלבער ריכטונג. אַ מינוט שפּעטער האָט ער שוין געשלעפּט צוויי שווערע לעדערנע טאָרבעס.

ערצבאַשעווסקי האָט דערקענט אין דעם מענטשן דעם הײַנטיקן ייִד, וועלכן מ'האָט בײַ טאָג געבראַכט קיין לאַגער. ערצבאַשעווסקי האָט זיך אויפֿגעהויבן,

אַרויפֿגעוואָרפֿן אויף דער פּלייצע דעם וואַרעמען כאַלאַט און זיך אַרומגעקוקט. צוגעבונדן צו אַ בוים אין אַ צענדליק מעטער פֿון אים איז שטיל געשטאַנען אַ ווײַס פֿערדל. דאָס איז געווען קאַמישינס פֿערדל, ספּעציעל געבראַכט פֿון ערגעץ, נאָכמאַכנדיק דעם באַראָן פֿאָן־אונגערן, וועלכער האָט שטאַרק געהאַלטן פֿון ווײַסע פֿערד. ערצבאַשעווסקי איז אַרויף אויפֿן פֿערד און זיך געלאָזט נאָכיאָגן דעם ייִד.

איינער פֿון די ראַנגלענדיקע שלאַכטלײַט האָט פֿון דער ווײַטנס דערזען אין דער מילכיקער לבֿנה־שײַן די צעפֿלויגענע פּאָלעס פֿון ערצבאַשעווסקיס כאַלאַט. אַ געשריי פֿון שרעק און באַוווּנדערונג האָט צעריסן די נאַכט. דער מענטש האָט זיכער אָנגענומען דעם רײַטער פֿאַרן באַראָן, וואָס פֿלעגט תּמיד אַרומרײַטן, אָנגעטאָן אין אַן ענלעכן מלבוש. אַ פֿאַרראַטענער דורך זײַנע אייגענע שומרים, האָט ער זיך אומגעקערט צו נעמען זײַן נקמה.

אין דער זעלבער נאַכט האָט אין איינעם פֿון די אורטאָגען אויף דעם מאַנזשורער טראַקט זיך אָפּגעשטעלט אַ צוויי־פֿערדיקער וואָגן, אָנגעפֿירט פֿון אַ שטאַרק פֿאַרוווּנדעטן קאָזאַק מיט אַ בײַטש אין האַנט. דער קאָזאַק האָט ניט געהאַט קיין כּוח אַראָפּשטײַגן פֿונעם וואָגן און נאָר געבעטן וואַסער. אינעם וואָגן זײַנען געלעגן נאָך צוויי זײַנע חבֿרים, פֿאַרגאָסן מיט בלוט. אַלע, ווער ס'איז געווען אינעם אורטאָן, האָבן אַרומגערינגלט דעם וואָגן, צווישן זיי אויך די בוריאַטן, וועלכע האָבן געאַרבעט מיט אַבֿרהם רבינאָוויטשן. זיי האָבן באַלד דערקענט דאָס האָב־און־גוטס פֿון זייער „נאַיאָן"־בעל־הבית. דער קאָזאַק האָט ניט

געקענט ענטפֿערן אויף קיין שום פֿראַגעס. ער האָט נאָר ווילד געדרייט מיט די אויגן, געזשליאָקעט אָן אַ שיעור וואַסער און געהאַלטן אין איין שטאַמלען: „באַראָן, באַראָן...‟

אויף מאָרגן האָבן די בוריאַטן זיך געיאַוועט אינעם נאָענטן מיליציע־אָפּטייל און אויסגעלייגט אַלע פּרטים, וואָס זיי האָבן געוווּסט וועגן דער פֿאַרשווינדונג פֿונעם סוחר אַבֿרהם רבינאָוויטש. אַ באַיאָרטער מיליציאָנער האָט פֿלײַסיק פֿאַרשריבן זייערע ווערטער אינעם רעגיסטער־בוך. ער האָט זיי צוגעזאָגט, אַז בײַ ערשטער געלעגנהייט וועט ער פּערזענלעך צופֿאָרן צו יענעם אָרט, ווו די קאַמישינער האָבן פֿאַרכאַפּט מיט זיך דעם סוחר. אָפּגעבנדיק זייער בירגערישן חובֿ, האָבן די בוריאַטן זיך געלאָזט אין וועג אַהיים קיין מאַנזשוריע.

צוויי מיט אַ האַלב חדשים האָט גענומען בײַ ערצבאַשעווסקי צו דערגרייכן דעם אַזוי גערופֿענעם „אימפּעראַטאָרישן טראַקט‟, וואָס האָט פֿאַרבונדן די כינעזישע הויפּטשטאָט פּעקין מיט מוקדען, ווו ס'איז געווען באַגראָבן דאָס הייליקע געביין פֿון די טשינג־רעגירער – די פֿאָרשטייער פֿון דער לעצטער מאַנזשורער אימפּעראַטאָרישער דינאַסטיע פֿון כינע. פֿון דור צו דור, ביז די כינעזישע רעוואָלוציאָנערן האָבן זיי אַרויסגעוואָרפֿן פֿון דער פֿאַרבאָטענער שטאָט אין 1912, פֿלעגן די טשינג־רע־גירער רעגולער עולה־רגל זײַן קיין מוקדען, און צוליב דעם האָט מען געהאַלטן דעם טראַקט אין אַ גוטן צושטאַנד. אַזוי, אַז דער ווײַטערדיקער וועג פֿון ערצבאַשעווסקי איז שוין געווען אַ סך גרינגער.

אַמאָל צו פֿוס און אַמאָל אויף צופֿעליקע וואָגנס האָט ער

אין אַ פּאָר טעג דערגרייכט מוקדען. דאָרטן האָט ער שוין גענומען אַ באַן פֿונעם דרום־מאַנזשורער אָפּצווײַג בײַ דער מיזרח־כינעזישער אײַזנבאַן, וואָס האָט אים גיך געבראַכט קיין כאַרבין. פֿון כאַרבין איז ער תּיכּף־ומיד אָפּגעפֿאָרן אין דער צפֿון־מערבֿדיקער ריכטונג. דעמאָלט האָט ער אָפּגעגאָלט זײַן שטאַרק פֿאַרוואַקסענע באָרד און פֿאַרביטן די כלאַמידע פֿונעם בודהיסטישן מאָנאַך, וואָס האָט אים געדינט אין משך פֿון אַ סך טעג ווי אַ קליידונג און אַ בעטגעוואַנט צוזאַמען, אויף כּמעט אַ נײַעם שוואַרצן קיטל פֿונעם אָנגעשטעלטן בײַ דער עקספּלואַטאַציע־קאָמפּאַניע. דעם קיטל, באַפּוצט מיט עקזאָטישע אײַזנבאַן־עמבלעמעס, דראַקאָנען און באַפֿליגלטע רעדער, האָט ער געקויפֿט בײַ אַ רוסישן שווינדלער ערגעץ אויף אַ באַן־סטאַנציע.

דעם גאַנצן פּלאַן האָט אויסגעאַרבעט אַבֿרהם רבינאָוויטש בעת יענער שרעקלעכער נאַכט. דער קאָרנעט האָט אים גיך נאָכגעיאָגט אין דער סטעפּ, און ווען יענער האָט אַרײַנגעצויגן דעם קאָפּ אין די אַקסלען, וואַרטנדיק אויף אַ טייטלעכער מכּה, האָט ערצבאַשעווסקי אויסגעשטרעקט זײַן האַנט און געהאָלפֿן אים אַרויפֿשפּרינגען אויפֿן פֿערד. נאָך דעם האָבן זיי זאַלבע־צווייט אָפּגעריטן עטלעכע וויאָרסט נאָכאַנאַנד, ביז דאָס פֿערד האָט זיך ממש באַדעקט מיט שוים. רבינאָוויטשס פֿינגער האָבן זיך טייטלעך אַרײַנגענעגלט אין די שווערע טאָרבעס, און עס האָט אים גענומען אַ שטיקל צײַט זיי צעבייגן. די טאָרבעס זײַנען געווען פֿול אָנגעפּאַקט איבערהויפּט מיט גאָלדענע צאַ־רישע טשערוואָנצעס איבערגעמישט מיט אַ צאָל כינעזישע

די אָפּגעשטויסענע
93 –

„יאַמבו" – שיפּל־אַרטיקע זילבערנע באַרן.

ציטערנדיק פֿון קעלט און האַבנדיק מורא צעלייגן פֿײַער, האָבן זיי זיך גענומען צו באַטראַכטן זייער מצבֿ. דער גלײַכער וועג קיין מאַנזשוריע און ווײַטער צו דעם אײַזנבאַן־פּאַס איז געווען פֿאַרשלאָסן: די כינעזער האָבן געעפֿנט אַן עכטן „יאַגד־סעזאָן" אויף די געוועזענע אונגערנאָווצעס און געזוכט זיי אין יעדן מעגלעכן ווינקל. פֿון אַן אַנדער זײַט, ווען די פֿאַרבליבענע קאַמישינער קאָזאַקן, ווי אויך די געוועזענע פֿאָן־אונגערנס מאַנגאָלן, פֿריִער צי שפּעטער, זיך כאַפּן, אַז דאָס פֿאַרשווינדן געוואָרענע גאָלד איז ווי־ניט־איז פֿאַרבונדן מיטן נעלם ווערן פֿונעם געוועזענעם קאַפּעל־אַפּיציר צוזאַמען מיטן ייִדישן סוחר. רכילותן ווערן פֿאַרשפּרייט אין סטעפּ אַ סך גיכער פֿונעם טעלעגראַף. שוין מאָרגן אין דער פֿרי וועט יעדער איינער אין דער סבֿיבֿה זוכן זיי... קיין צײַט צו טראַכטן איז כמעט ניט געבליבן.

די ערשטע אידעע, וואָס איז געקומען רבינאָוויטשן אין קאָפּ אַרײַן, איז געווען צו אינסצענירן זײַן אייגענעם טויט. דאָס רובֿ קאָזאַקן, וואָס האָבן אים געזען אינעם לאַגער, זײַנען שוין זיכער טויט. ווען זיי, לכל־הפּחות, געווינען אַ ביסל צײַט. אויף אַ שכנותדיק בערגל האָט זיך אָנגעזען אַ קופּע ווײַסע ביינער פֿון יענע פֿילצאָליקע מענטשלעכע אָדער חיהשע ביינער, וואָס זײַנען געווען רײַך צעוואָרפֿן איבער די מאָנגאָלישע סטעפּן. מיטן שפּיץ־שטיוול האָט רבינאָוויטש צעגראָבן די מיאוסע קופּע ביז ער האָט זיך אָנגעטראָפֿן אויף אַ מענטשלעכן שאַרבן. מיט אַ גזעל האָט ער אים אַרויסגעקײַקלט אין אַ זײַט. אין

דער לבֿנה־שײַן האָט דער שאַרבן געשמייכלט צו אים מיט אַ שטשירענדיקן שמייכל. גלאָצנדיק מיט די אויגן אויפֿן שאַרבן אַ מינוט־צוויי, האָט רבינאָוויטש פּלוצעם אַרויסגעלאָזט אַ צופֿרידן געלעכטערל. דערנאָך האָט ער ברייט געעפֿנט זײַן מויל און מיט אַ לײַדנדיקער גרימאַסע עפּעס אַ זוך געטאָן דאָרטן מיט די פֿינגער. ערצבאַשעווסקי האָט ניט געקענט אָפּווענדן זײַן בליק פֿון דער מאָדנער טוּונג, פֿילנדיק אַן עקל און אַן אינטערעס אין דער זעלבער צײַט. די לבֿנה האָט באַשײַנט אַ גאָלדן צאָן־קריינדל אין רבינאָוויטשס האַנט. ער האָט זיך אָנגעבויגן צום שאַרבן און אַרײַנגעשטעקט דאָס קריינדל מיט כּוח צווישן דעם שאַרבנס אייבערשטער שורה ציינער.

ווען דאָס פֿערד האָט אַ ביסל אָפּגעאָטעמט, האָבן זיי פֿאָר־געזעצט צו רײַטן. לויט רבינאָוויטשס אָריענטירן, האָבן זיי זיך אומגעקערט צוריק צו דעם קערולען־טראַקט, אַן ערך אַהין, ווו די קאַמישינער האָבן רבינאָוויטשן געהאַט אָפּגעשטעלט מיט די בוריאַטן־אולאַטשי אַ טאָג פֿריִער. דאָרט האָט רבינאָוויטש אַנידערגעלייגט דעם שאַרבן צווישן נידעריקע פֿאַרשטויבטע קוסטן. דערנאָך האָט ער אויסגעטאָן זײַן אייבערשטע קליידונג און געבליבן אינעם ווײַסן מיט פֿאַסן לײַבהעמד. ער האָט אָפּ־געריסן פֿונעם לײַבהעמדס אַרבל אַ ניט־גלײַך שטיקל, אַוועק־געוואָרפֿן עס אויף דער ערד, גוט אָנגעטראָטן אויף אים מיט קויטיקע שטיוול און געלאָזט ליגן אַזוי בײַם שאַרבן.

אַרויסנעמענדיק אַ ביסל געלט פֿון די טאָרבעס, האָבן זיי פֿאַרגראָבן די רעשט מיט די טאָרבעס צוזאַמען אויף אַ געוויסן מהלך פֿונעם שאַרבן. אַזוי איז געווען אַ סך זיכערער. דערנאָך

זײַנען זיי ביידע זיך אַרויפֿגעזעצט אויף קאַמישינס פֿערה, רבי־
נאָוויטש הינטער ערצבאַשעווסקיס רוקן, און אָפּגעריטן עט־
לעכע שעה נאָכאַנאַנד אין דער דרומדיקער ריכטונג, אַרומ־
פֿאָרנדיק יעדע פּאַסטעך־פֿײַערל אויפֿן וועג. איין מאָל האָבן
זיי זיך אָנגעשטויסן אויף אַ כאָפּטע נאָמאַדן, אָבער יענע זײַנען
זיך צעלאָפֿן אין שרעק, ווען זיי האָבן דערזען אין דעם פֿאַר־
רעטערישן קאַיאָר־ליכט אַ ריזיקן רײַטער אויף אַ ווײַסן פֿערד
אין דער אָפֿיציר־קאַסקעט און מאָנגאָלישן כאַלאַט.

קאַפּיטל 13

לפֿי־תּומו? רבי דײַנאָ פֿרעגט אויס ווידער דעם עדות מנחם־מענדל טאָמאַשינסקי, לויט רבי קיסינס עצה

אין פּרינציפּ, האָט הרבֿ קיסין באַגיטיקט דעם געדאַנקען־גאַנג פֿון רבי דײַנאָ לגבי ניט־גילטיקייט פֿון די ברידער רובינטשיקס עדות, ווי אויך לגבי דעם גאָלדענעם צאָן.

אויך לויט זײַן מיינונג, האָט דער צאָן געקענט דינען ווי אַ שטיקל תּירוץ, אַ „צד־היתּר”, אין דער באַפֿרײַונג פֿון דער אָרעמער פֿרוי, הגם, ווי רבי דײַנאָ האָט בצדק באַמערקט שוין אין אָנהייב, קיין סימן־מובֿהק איז עס נישט געווען. ניט קוקנדיק דערויף, האָט ר׳ קיסין עס נישט גערעכנט פֿאַר אַ שלעכטן סימן, „סימן־גרוע”, נאָר פֿאַרן „סימן־אמצעי”, אַ גענוגנדיקער סימן. דערבײַ האָט ער געטענהט, אַז דאָס, וואָס דער צאָן האָט זיך געפֿונען אין דער אייבערשטער שורה, איז דווקא אַ „צמצום־מקום”, אַן אויסקלערונג, און לפֿי־כּך, לויט זײַן מיינונג, קען מען אָננעמען די־אָ עדות פֿאַר אַן אומדירעקטן סניף און אויסניצן עס צוזאַמען מיט אַנדערע סניפֿים פֿאַר דער באַפֿרײַונג פֿון דער עגונה.

רבי דײַנאָ האָט אָפּגעאָטעמט גרינגער: אַזאַ מזל, אַז ער האָט ניט געאײַלט זעלבסשטענדיק צו פּסקענען

אין דעם ענין! אָט איז ז, די חכמה פֿון דער תּורה! וויפֿל יאָר וועט עס נעמען בײַ אים פֿאַנאַנדערקלײַבן זיך אין די אַלע גרויסע און קליינע פּיטשעווקעס...

האַלטנדיק דעם גאָלדענעם צאָן פֿאַר אַ סימן־אמצעי, האָט ר' קיסין באַהויפּטעט: צוזאַמען מיטן עדות־אַנוויַ ז, אַז מע האָט געפֿונען אַ טויטן צי אַ טייל פֿון אים רחמנא־לצלן אויפֿן וועג, ווו עס איז געגאַנגען אַבֿרהם רבינאָוויטש, – קען מען באַפֿרײַען די עגונה לויט מנחם־מענדל טאָמאַשינסקיס עדות. יענער האָט דאָך געהערט פֿון אַ רוסישן אײַזנבאַן־אינספּעקטאָר, אַז אַ מאָנגאָלישער מיליציאָנער האָט אים דערציילט וועגן דעם מאָרד פֿון רבינאָוויטשן, וועלכן צוויי מאָנגאָלן האָבן געזען מיט זייערע אייגענע אויגן. דעם אמת געזאָגט, זײַנען די עדות פֿון די עכו"ם, די געצנדינער וואָס גלייבן אין שטערן און מזלות, כּסדר פּסול פֿאַר דין־תּורה, אָבער נישט אינעם פֿאַל, ווען זיי ריידן „לפֿי־תּומו", אָן שום זײַטיקע מיינען. סע שטייט דאָך אין „שולחן ערוך": „אַ פֿרוי, וואָס איר מאַן איז אַוועק אין ווײַטע מדינות און מע האָט איבערגעגעבן, אַז ער איז געשטאָרבן, זאָל דער עדות זײַן אַ קנעכט צי אַ גוי אַ געצנדינער צי גראָד אַ משומד, וואָס איז כּסדר פּסול, איז זײַן עדות כּשר, אויב ער רעדט ׳לפֿי־תּומו׳". אַזוי, אַז די קושיה וועט געלייזט ווערן, אויב דער רוסישער אינספּעקטאָר האָט גערעדט „לפֿי־תּומו". מיט דעם מאָנגאָלישן מיליציאָנער איז נישטאָ קיין פֿראַגע, ער האָט זיכער גערעדט „לפֿי־תּומו", שמועסנדיק מיט אַ פֿרעמדן, ניט־פֿאַראינטערעסירטן מענטשן, דהײַנו מיט דעם אינספּעקטאָר. כּדי אויסצוקלערן, צי דער רוס איז געווען אויפֿריכטיק, מוז דער

חשובֿער רבֿ דײַנאָ אויספֿרעגן ווידער דעם עדות מנחם־מענדל טאָמאַשינסקי: האָט דער רוס געענטפֿערט אויף אַ בכּיוונדיקער פֿראַגע וועגן רבינאָוויטשן אָדער ער האָט אַליין דערציילט פֿון אים. אויב מע וועט זען, אַז דער רוס האָט גערעדט „לפֿי־תּומו", טאָ אַפֿשיטא קען מען די עגונה באַפֿרײַען אָן שום סניפֿים.

אויך דאָס, וואָס מע האָט גאָרנישט געהערט פֿון אַבֿרהם רבינאָוויטשן, וואָס האָט געלעבט מיט זײַן פּלוניתטע בשלום, אין משך פֿון ג' חדשים, איז לויט אַ ריי אַחרונים „אומדנא־גדולה", גאָר אַ וויכטיקער אָנווײַז אויף זײַן טויט, באַזונדערס אין הײַנטיקע צײַטן, ווען ס'איז דאָ אומעטום פּאָטשטן און טעלעגראַפֿן, און מענטשן פֿאָרן אַהין און אַהער. און רש"י טײַטשט אויף אַזאַ פֿאַל: „אם הי' חי הי' בא – אויב ער וואָלט געווען בײַם לעבן, וואָלט ער זיכער צוריקגעקומען". אַפֿילו אויב טאָמאַשינסקי האָט געפֿרעגט דער ערשטער לגבי רבינאָוויטשן, און שוין דערנאָך האָט דער גוי אים דערציילט דאָס, וואָס ער האָט געהערט, אויך דעמאָלט איז דאָ דער יסוד צו פֿאַרפּשוטן דעם דין, ווײַל דער גוי האָט גאָרנישט געוווּסט פֿון דער קושיה צו באַפֿרײַען אַן עגונה. אין אַזאַ פֿאַל אָבער מוז מען פּרטימדיק באַהאַנדלען דעם ענין און מי שכּוחו יפה להכריע יכריע – ווער ס'האָט דאָס רעכט אַרויסצוגעבן דעם פּסק, דער וועט פּסקענען...

לויט הרבֿ קיסינס עצה, האָט רבי דײַנאָ ווידער צוגערופֿן צו זיך דעם עדות מנחם־מענדל טאָמאַשינסקי. ווי פֿריִער, איז דער סופֿר נפֿתּלי געזעסן מיט צוגעגרייטע פֿעדער און טינט בײַם רבֿיס טיש.

– איז וואָס, רבי, – האָט געפֿרעגט טאָמאַשינסקי נאָך די

ריטועלע פּראַגעס וועגן זײַן נאָמען אד"ג, – האָט די אָרעמע פּרוי נאָך אַלץ ניט באַקומען קיין היתּר?

– ס'מאַכט זיך ניט אַזוי שנעל. אַ מאָל בלײַבט די פּרוי אַן עגונה יאָרן לאַנג, אויב ניט דאָס גאַנצע לעבן, אויב מע האָט ניט קיין קלאָרע סימנים פֿון איר מאַנס טויט. – רבי דײַנאַ האָט אָפּגעשטעלט טאָמאַשינסקיס אַרגומענט מיט אַ באַרויִקנדיקן זשעסט. – האָט ניט קיין מורא, אונדזער פֿאַל איז ניט אַזאַ קאָמפּליצירטער. זאָגט מיר נאָר, צי זײַט איר געווען באַקאַנט מיט יענעם רוסישן אינספּעקטאָר פֿון כײַלאַר, וואָס האָט אײַך דערציילט וועגן רבינאָוויטשס טויט?

– באַקאַנט? ניין, כ'האָב אים געזען דעמאָלט צום ערשטן מאָל אינעם וואַגאָן־רעסטאָראַן אויפֿן וועג פֿון כאַרבין קיין מאַנזשוריע.

– און וואָס פינקטלעך האָט ער אײַך דערציילט?

– נו, כ'האָב שוין איבערגעגעבן. ער האָט געהערט פֿון אַ מאָנגאָלישן מיליציאָנער, אַז מענטשן האָבן געזען, ווי די באַנדיטן האָבן דערהרגעט רבינאָוויטשן ז"ל.

– ווי:אַזוי זשע איז דער שמועס געקומען צו רבינאָוויטשן?

– דער גוי האָט אַליין געפֿרעגט בײַ מיר, צי בין איך פֿונעם יידישן אָפּשטאַם. דערנאָך האָט ער אָנגעהויבן צו דערציילן וועגן פֿאָן־אונגערן און זײַנע ווילד־משוגענע הינט פֿון דער אַזיאַטישער דיוויזיע, וועלכע זײַנען על־פּי־נס אַנטלאָפֿן פֿון די רויטע, אָבער געכאַפּט געוואָרן פֿון די כינעזער ממש אויף דער גרענעץ. וועמען האָט מען צעשאָסן אויפֿן אָרט, וועמען אַרײַנגעוואָרפֿן אין תּפֿיסה און ווער האָט זיך אויסגעדרייט. דעמאָלט

האָט ער דערמאָנט אויך רבינאָוויטשן; ער האָט אים, דאַכט זיך, אַ ביסל געקענט פֿון פֿריִער. „אָט, – האָט ער געזאָגט, – כ'האָב געהערט, אַז מע האָט אים דערמאָרדעט נעבעך ערגעץ אין מאָנגאָליע. אַפֿנים די באַנדיטן פֿון אונגערן...“ איך האָב צוגעשטימט, אַז כ'האָב אים גוט געקענט און אַז כ'האָב מורא, אַז ס'איז חלילה אמת...

– הייסט עס, ער האָט אַליין אָנגעהויבן צו ריידן וועגן רבינאָוויטשן?

– סע זעט אַזוי אויס.

– ווער, זאָגט איר, איז דער מענטש?

– ער האָט זיך פֿאָרגעשטעלט ווי אַן אײַזנבאַן־אינספּעקטאָר פֿון דער רוסישער עקספּלואַטאַציע־קאָמפּאַניע. פֿאַרשטייט זיך, קיין מאַנדאַטן האָב איך ניט געפֿאָדערט פֿון אים.

– און זאָגט מיר נאָך, ביטע, צי דער מנוח... הייסט עס, אַבֿרהם רבינאָוויטש האָט געלעבט בשלום מיט זײַן ווײַב?

– אויף וויפֿל כ'ווייס, יאָ. ער פֿלעג איר תּמיד ברענגען מתּנות, און אויך דעם זונעלע. בײַ אים אין דער היים בין איך געווען ניט זייער אָפֿט. כ'האָב שוין דערציילט, אַז קיין גרויסע פֿרײַנט זײַנען מיר ניט געווען.

– נו, שיין, – האָט פֿאַרענדיקט רבי דײַנאָ, – מער קיין פֿראַגעס.

ווען די טיר האָט זיך פֿאַרמאַכט נאָך טאָמאַשינסקי, האָט רבי דײַנאָ זיך געווענדט צום סופֿר נפֿתּלי און אַ פֿאָכע געטאָן מיט דער האַנט: שרײַבט. מיט אַ זיכערן קול האָט דער רבי אָנגעהויבן דיקטירן:

„די צווייטע עדות פֿונעם סוחר מנחם־מענדל טאָמאַשינסקי וויַיזט אָן, אַז דער רוסישער אינספעקטאָר האָט זיך געפֿירט ווי מסל״ת, מסיח לפי תומו, און לויט דעם איז די פֿרוי רבֿקה רבינאָוויטש מותּרת אָן שום צווייפֿלונג...״

רבי דיַינאָ האָט ווידער אַדורכגעקוקט דעם גאַנצן פּסק, וואָס האָט דערמאָנט דעם נוסח פֿונעם גרויסן רבֿ קיסין. אַלץ האָט אויסגעזען זייער לאָגיש און גוט אַרגומענטירט. עס האָט נאָר געפֿעלט עפּעס אַ „וויַינשעלע״, ווי עס פֿלעג זאָגן נאָך אין סלוצק זיַין באַליבטער לערער רבי פּסח פּרוסקין. רבי דיַינאָ האָט זיך פֿאַרטראַכט אויף אַ רגע און געבעטן דעם סופֿר צוגעבן נאָך איין זאַך:

„די ליַידן פֿון אַן עגונה ברענגען אַ גרויסן שאָדן צו דער שלמות פֿון דער שכינה, און דער וואָס איז מתּיר איין עגונה, מאַכט אַ גרויסע מיצווה, ווי ער וואָלט געבויט אויף דאָס ניַיע איינע פֿון די חורבֿות פֿון ירושלים...״

קאַפּיטל 14

מנחם־מענדל טאָמאַשינסקי פֿירט אַדורך זײַן אייגענע אויספֿאָרשונג

אין אָנהייב דעצעמבער 1921 איז מנחם־מענדל טאָמאַשינסקי צוגעפֿאָרן קיין כאַרבין צו דערליידיקן אַ פּאָר ענינים. דאָ האָט ער צום ערשטן מאָל געהערט די מעשׂה וועגן דעם פֿאַרפֿאַלענעם גאָלד פֿונעם באַראָן פֿאָן־אונגערן. די רויטע, לויט די צײַטונגען, האָבן דעם באַראָן שוין געמישפּט און צעשאָסן ערגעץ אין סיביר. אויפֿן מאַרק האָט טאָמאַשינסקי אונטערגעהערט אַ שמועס פֿון שיכּורע ווײַסע אָפֿיצירן; איינער האָט זיך באַקלאָגט, אַז זינט מע האָט געבראַכט יענעם ייִד קיין קאַמישינס לאַגער, איז דאָרט אַלץ פֿאַרפֿאַלן און דאָס געלט אויך... אַן אַנדער אָפֿיציר האָט באַמערקט, אַז עמעצער האָט דעמאָלט געזען דעם באַראָן אויף זײַן ווײַסן פֿערד אין דער אָפֿענער סטעפּ, און אפֿשר איז דאָס געלט נישט אינגאַנצן פֿאַרפֿאַלן געוואָרן. טאָמאַשינסקי האָט ווייניק געגלייבט די צײַטונגען, נאָך ווייניקער האָט ער געהאַלטן פֿון דער גאַנצער מיסטיק אַרום פֿאָן־אונגערן. בכל־אופֿן, עפּעס אַ ספֿק האָט זיך אַרײַנגעגנבֿעט אין זײַן קאָפּ.

צוריק אין מאַנזשוריע האָט טאָמאַשינסקי עטלעכע מאָל אַדורכשפּאַצירט לעבן דעם הויז פֿון זײַן פֿאַרשווּנדענעם שותּף, ביז ער האָט געטראָפֿן רבֿקה רבינאָוויטש. אָנגעטאָן אין שוואַרץ, מיט אַ טיפֿן טרויער אויף איר פּנים, האָט זי אויסגעזען ווי איינע, וואָס ווייסט גאָרנישט. אויסטראַכטנדיק עפּעס אַ סיבה (אַ געשעפֿטס־פּאַפּירל, וואָס האָט שײַכות מיט זײַן מיסחר און וואָס קען מסתּמא ליגן אויפֿן טיש אין רבינאָוויטשס אַרבעטס־צימער), האָט טאָמאַשינסקי שוין דעם זעלבן אָוונט באַזוכט רבינאָוויטשס הויז. קיין זאַך אינעווייניק האָט בײַ אים ניט אַרויסגערופֿן קיין איבעריקן חשד. דער אַרבעטס־צימער האָט אויסגעזען ניט באַלעבט, אויף פּאַפּירן און אויף דעם טיש איז געלעגן אַ שיכט שטויב. „אינטערעסאַנט, – האָט געטראַכט טאָמאַשינסקי, – פֿאַר וואָס פֿאָדערט זי נישט פֿון דער משרתטע אויפֿראַמען אויך דאָ?"

אויף יעדן פֿאַל האָט ער באַשלאָסן צו פֿאַרברענגען אַ נאַכט אַנטקעגן רבינאָוויטשס מויערל. וואַרטנדיק אויף עפּעס אַ סימן, איז ער געזעסן אויף אַ קלאָץ אין אַ האָלץ־סאַרײַ. הינטער די פֿאַרהאָנגענע שויבן האָבן זיך ניט געזען קיין מאַנצבלישע שאָטנס. וואָס יאָ, צו זײַן באַוווּנדערונג האָט ער באַמערקט נאָך איין נאָכשפּירעה. אַ נידעריקע פֿיגור אין אַ פּעלץ האָט זיך פֿאַרבאַהאַלטן צווישן אַ צעצווײַגטן בוים און דעם הויז, פֿאַראינטערעסירט אין דעם, וואָס קומט פֿאָר אינעם הויז ניט ווייניקער פֿון אים אַליין. אונטערטאַנצנדיק אויפֿן אָרט פֿון קעלט, האָט דער מענטש זיך אַ קלאַפּ געטאָן איבער די קעשענעס און אָנגעצונדן אַ ציגאַרקע. דאָס קליינע פֿײַערל האָט אויף אַ רגע באַלויכטן דעם פֿאַרשווינס

פּנים. ניט קוקנדיק אויף די אויסגעוואַקסענע וואָנצעס־מיט־בערדל, האָט טאָמאַשינסקי אָן אַן אָנשטרענגונג דערקענט דעם כּיַילאַרער אינספּעקטאָר. מיט אַ צײַט צוריק האָט דער אינספּעקטאָר דערציילט אים אײנעם וואַגאָן־רעסטאָראַן וועגן דעם רוסיש־ייִדישן סוחר, וועלכן מ'האָט דערהרגעט אין מאָנגאָליע. „לאָמיר בעטן, – האָט דעמאָלט געזאָגט דער אינספּעקטאָר מיט אַ מילדן זיפֿץ, – אַז דער שרעקלעכער באַראָן מיט זײַנע באַנדיטן, וואָס האָבן פֿאַרשאַפֿן אַזוי פֿיל פּײַן, זאָלן זיך שוין טרעפֿן פּערזענלעך און ווי מעגלעך גיך מיטן גרויזאַמען מלחמה־אָפּגאָט מאַהאַקאַלאַ". טאָמאַשינסקי האָט ניט געוווּסט, פֿון וואָס פֿאַר אַן אָפּגאָט רעדט דער דאָזיקער געבילדעטער מענטש, אָבער זײַן מיטלײַד דעם ייִדישן סוחר איז אים געווען צום האַרצן. וואָס האָט אים אָבער געבראַכט אַהער דווקא איצט?

דער אינספּעקטאָר האָט אויסגערייכערט זײַן ציגאַרקע, געוואָרפֿן נאָך איין בליק אויף רבינאָוויטשס מויערל און זיך אַוועקגעטראָגן. עטלעכע רגעס שפּעטער איז אויך טאָמאַשינסקי אַרויסגעקראָכן פֿון זײַן באַהעלטעניש און זיך געלאָזט גיין נאָך דעם אינספּעקטאָר. זעלטענע לעמפּ האָבן באַלויכטן די גלײַכע גאַס ביז דעם סאַמע וואָקזאַל. אין דער וואָקזאַל־געבײַדע האָבן זיך געפֿונען עטלעכע האָטעל־נומערן פֿאַר טראַנזיט־פּאַסאַזשירן, ווו יענער האָט זיך מסתּמא אָפּגעשטעלט.

אָפּוואַרטנדיק אַ ביסל, האָט טאָמאַשינסקי אַ שטופּ געטאָן די מאַסיווע וואָקזאַל־טירן און אַרײַן אין דעם הייס־אָנגעהיצטן זאַל. פֿאַר די טישן בײַם בופֿעט זײַנען געזעסן, ווי געוויינטלעך, אַ צאָל מענער און פֿרויען, אַרום וועלכע ס'האָט זיך געדרייט אַ

פֿלינקער קעלנער. מיטן עק אויג האָט טאָמאַשינסקי באַמערקט דעם אינספּעקטאָר זיצן אין אַ ווינקל בײַ אַ טיש. האַלטנדיק זײַן וועג מיט זיכערקייט צום בופֿעט, האָט טאָמאַשינסקי ווי צופֿעליק איבערגעכאַפּט יענעמס אַ בליק און האַלב־באַמערקלעך אָנגעבויגן דעם קאָפּ אין אַ באַגריסונג. דער אינספּעקטאָר האָט זיך אַ ביסל פֿאַרזאַמט, אָבער גאָר פֿרײַנדלעך אַ פֿאָכע געטאָן מיט אַ האַנט. אין גיכן זײַנען זיי ביידע געזעסן איינער אַנטקעגן דעם צווייטן. דער קעלנער איז שוין געלאָפֿן צו זיי מיט צוויי זודיקע גלעזער טיי אין אַזשורנע זילבערנע גלאָז־האַלטערס, וואָס זײַנען געווען גוט באַקאַנט יעדן איינעם ווער ס'איז כאָטש איין מאָל געפֿאָרן מיט דער מיזרח־כינעזישער אײַזנבאַן.

טאָמאַשינסקי האָט זיך ניט געאײַלט מיטן שמועס און פּאַמעלעך געזופּט זײַן טיי ווי אַ מענטש, וואָס האָט אָן אַ שיעור צײַט. דער אינספּעקטאָר האָט אויסגעזען עפּעס צעטומלט. שווײַגנדיק, האָט ער אַרויסגענומען פֿון זײַן גלאָז דאָס זילבערנע לעפֿעלע מיט דעם זעלבן משונהדיקן דראַקאָן ווי אויף זײַן קיטל און פֿאַרטראַכטערהייט אײַנגעטונקען אַ רוסיש סור־כאַריקל אין טיי. טאָמאַשינסקי האָט פּלוצעם אויפֿגעהערט צו זופּן, אויפֿגעהויבן די אויגן גלײַך אויפֿן אינספּעקטאָר און אַרויס־געגעבן: „מע זוכט אַבֿרהם רבינאָוויטשן, האַ?‟ דער אינספּעקטאָר האָט אָפּגעענטפֿערט מיט אַ האַרטן לאַנגן בליק פֿון זײַנע טונקל־גרויע אויגן. טאָמאַשינסקי האָט אַרויסגענומען פֿונעם קעשענע עטלעכע מטבעות און אַוועקגעלייגט אויפֿן טיש. האַלטנדיק שוין בײַם אַוועקגיין, האָט ער צוגעגעבן: „ס'וועט זײַן צײַט, קומט צו צו טאָמאַשינסקיס קאָנטאָר אויף דער טשיטינסקער גאַס‟.

אַ פּאָר חדשים שפּעטער זײַנען צוויי מענטשן אַרויס פֿונעם אויטאָמאָביל אויפֿן קערולען־טראַקט ערגעץ אין מיזרח־מאָנגאָליע. דאָס פֿעלד איז פֿון ביידע זײַטן געווען באַדעקט מיט אַ דינעם שיכט שניי. איינער פֿון די מענטשן, אַ נידעריקער פֿאַרשוין אין אַ שינעל, האָט אָנגעוויזן מיט דער האַנט אין אַן אָפֿיציר־הענטשקע אויף עפּעס בײַם האָריזאָנט. דער צווייטער, אַ הויכער, אינעם שעפּסענעם פּעלץ, האָט נאָר אויפֿגעהויבן די אַקסלען ווי געפֿרעגט: „פֿון וואַנען זאָל איך וויסן?“, און זיי האָבן זיך אומגעקערט צום אויטאָ. זיי זײַנען אַדורכגעפֿאָרן נאָך עטלעכע ווערסט און האָבן זיך אָפּגעשטעלט בײַ דער הילצערנער אורטאָן־סטאַנציע. עס האָט זיך תּיכּף באַוויזן דער בעל־הבית, וועלכער האָט געעפֿנט די טויערן. אויף זײַן רונדיקן לבֿנה־פּנים האָט זיך ניט באַמערקט קיין שום חידוש, ווען די געסט האָבן אים געבעטן אויסצוגעפֿינען, ווי מעגלעך גיך, יענע פּאַסטעכער, וואָס האָבן זומער אָפּגעזוכט דעם שאַרבן פֿון אַן „אַראַס“ מיטן גאָלדענעם צאָן.

די געסט זײַנען געבליבן זיצן, אָנגעטאָן אין דער אייבערשטער קליידונג. אין די הענט האָבן זיי געהאַלטן ברייטע טאַסן מיט הייסער מילך. ווען די טיר האָט זיך געעפֿנט און צוזאַמען מיט דעם בעל־הביתעס זונדעלע זײַנען אַרײַן צוויי מיטל־יעריקע מאָנגאָלן, זײַנען די געסט אויפֿגעשטאַנען, אָן אַ וואָרט מיטגענומען די צוויי אָנגעקומענע און אַוועק אין אײַלעניש.

די מאָנגאָלן האָבן פּינקטלעך אָנגעוויזן דאָס אָרט, ווו דעם פֿאַרגאַנגענעם זומער האָבן זיי זיך אָנגעטראָפֿן אויף אַ שאַרבן מיטן גאָלדענעם צאָן, ניט ווײַט פֿונעם קערולען־טראַקט. ערצ־

באַשעווסקי האָט אָפּגעבראָכן אַ צווײַג און מיט כּוח אַרײַנגעשטעקט אים אין דער פֿאַרפֿרוירענער ערד ווי אַ צייכן. ער האָט זיך אַרומגעקוקט און זיך ווידער געחידושט פֿון רבינאַ־וויטשס יכולת זיך אָריענטירן אין די־אָ מקומות: ער, דער גע־וועזענער אַרמיי־אָפֿיציר, וואָלט טאַקע קיינמאָל ניט געפֿונען דאָס אָרט, באַזונדערס איצט, ווען אַלץ איז געווען באַדעקט מיט שניי. עטלעכע נידעריקע בערגלעך, באַוואַקסן מיט שיטערע קוסטעס האָבן קוים באַלעבט די מאָנאָטאָנע שנייִיקע רחבֿותן. די מאָנגאָלישע סטעפּן האָבן תּמיד אויסגעזען נישט זייער ראָמאַנטיש, אָבער איצט, ווינטערצײַט, האָבן זיי גאָר גיך געקאָנט אַרויסברענגען דעפּרעסיווע געדאַנקען בײַ אַ היימלאָזן פּליט.

ערצבאַשעווסקי און טאָמאַשינסקי האָבן באַצאָלט די מאָנ־גאָלן און זיי אָפּגעשיקט אַהיים צו פֿוס. ווען יענע האָבן זיך גענוג דערווײַטערט, האָט ערצבאַשעווסקי זיך געלאָזט מעסטן מיט ברייטע טריט עפּעס אַ מהלך פֿונעם צווײַג ביז אַ גרופּע וואַלגערשטיינער פֿון פֿאַרשיידענער גרייס, וואָס האָבן זיך געוואַלגערט ניט ווײַט פֿון זיי. ענדלעך, האָט ער זיך אָפּגע־שטעלט בײַ איינעם פֿון זיי און מיט אַ פֿוס אָפּגעשאַרט פֿון אים אַ שיכט שניי, כּדי זיך איבערצײַגן, אַז דאָס איז בפּירוש וואָס ער זוכט. טאָמאַשינסקי איז פֿלינק צוגעלאָפֿן מיט אַ צו־געגרייטער לאָפּעטע און ביידע האָבן זיי אָפּגערוקט דעם שטיין אין אַ זײַט. די ערד אונטער אים האָט אויסגעזען פֿאַרדעכטיק פֿריש. טאָמאַשינסקי האָט גענומען אָרודעווען מיט דער לאָפּעטע, צעוואָרפֿנדיק נערוועז די ערד אויף לינקס און אויף רעכטס. ערצבאַשעווסקי האָט אים ניט געהאָלפֿן: מיט אַ ניט־

גוטן פּנים איז ער געשטאַנען אין דער זײַט, מיט די הענט אין די קעשענעס, און שטיל־מעלאַנכאָליש זיך אונטערגעפּײַפט דאָס מאַטראָסן־לידעלע „עפּעלע“.

אַ מינוט צען שפּעטער האָט טאָמאַשינסקי שוין מסתּמא געכאַפּט, אַז ער וועט דאָ גאָרנישט געפינען, אָבער געגראָבן אַלץ טיפער און טיפער, ביז ער האָט דערהערט ערצבאַשעווסקיס געלעכטער. טאָמאַשינסקי האָט איבערגעריסן זײַן אַרבעט און געוואָרפן אַ שווערן בליק אויפן אָפּיציר. יענער האָט אויסגעזען ווי אַ משוגענער. לאַכנדיק כּמעט היסטעריש, האָט ער אַ טײַט געטאָן מיטן פינגער אין אַ שכנישן וואַלגערשטיין, אויף וועלכן ס'איז געשטאַנען אַ ניט־באַמערקטער פריִער מענטשלעכער שאַרבן. דער שאַרבן האָט געקוקט אויף זיי מיט בלינדע אויגן־לעכער און זיך שפּאַסיק געשטשירעט. עס האָט אויסגעפעלט איין צאָן אינעם טויטן מויל. טאָמאַשינסקי, אַ צעבייזערטער, האָט אָפּגעוואָרפן די לאָפּעטע און אויסגעזײַט צווישן די ציין: „מע מוז זיך אָוועקטראָגן פון דאַנען ווי מעגלעך גיך. האָסט פאַרגעסן, אַז די גאַנצע וועלט זוכט דיך און דײַן... עה... שותּף? אין אַ פּאָר שעה אַרום וועט שוין יעדער הונט וויסן, אַז צוויי אַראָסן נישטערן דאָ אַרום“. ער האָט אָפּגעשוויגן אַ ביסל און צוגעגעבן גראָבלעך: „אויף דײַן אָרט, פּאַן אָפּיציר, וואָלט איך אַוועקגעלאָפן פון מאַנגאָליע און מאַנזשוריע ווי פון פײַער. הײַנטיקע טעג נאָר די פּוילישע שבפּוילישע דרייען זיך ניט צו געפינען פאַן־אונגערנס פאַרשאָלטענעם גאָלד. ביסט אַ באַפּלעקטער, דײַן באָרד וועט דיר קוים העלפן“.

קאַפּיטל 15

רבֿקה רבינאָוויטש
געפֿינט א צעטל פֿון
איר טויטן מאַן

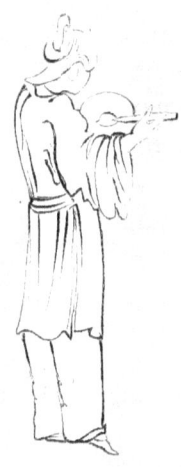

נ
יט געקוקט אויף דער שפּעטער שעה, האָט רבֿקה רבינאָוויטש געגנישטערט יעדע ווינ־קעלע פֿון איר הויז. אַ צענדליק גוט צונויפֿ־געקלאַפּטע הילצערנע קעסטלעך זײַנען גע־שטאַנען אין דער פֿאָרשטוב. דאָס הויז אַליין האָט נאָך געהיט די אָפּקלאַנגען פֿון דער אָקאָרשטער שׂימחה, אָבער ס'האָט זיך שוין געפֿילט אין אים אַ מין פֿרעמדקייט. זיי האָבן געשטעלט די חופּה דאָ אינעם הויף אונטער דעם אָפֿענעם הימל אָן אַן איבעריקן רעש און לאַנגע צוגרייטונגען, אין אָנוועזנהייט פֿון בלויז נאָענטע באַקאַנטע. אייגנטלעך, קיין אמתע פֿרײַנט האָבן די רבינאָוויטשן ניט אָפּגעשפּאָרט בעת די־אָ אַלע יאָרן אין דער שטאָט, אויב ניט נעמען אין חשבון די פֿאַרשיידנאַרטיקע אינטערעסאַנטן, ווי דער געוועזענער בירגערמײַסטער דער משומד בערג מיט זײַן אויסגעפּוצטער פּלוניתטע, דער הויפּט־רופֿא גאַווורילאָוו פֿונעם שטאָטישן שפּיטאָל, אַ פּאָר חבֿרה סוחרים מיט זייערע קליינשטעטלדיקע ווײַבלעך און עטלעכע שכנים פֿון זייער גאָס. ס'איז דאָך ניט קיין

וווּנדעה, דער מנוח ע"ה האָט זיך תּמיד געהאַלטן באַזונדעה, קאַרג אַפּילו אויף אַ שמייכל, שוין אָפּגערעדט פֿון אײַנלאַדן עמעצן סתּם אַזוי אויף אַ גלאָז טיי. נו, ניחא. מע רעדט ניט קיין שלעכטס וועגן די טויטע. דער רבי אָבער האָט געהאַלטן אַ שיינע רעדע: „דער וואָס איז מתּיר איין עגונה, מאַכט אַ גרויסע מיצווה, ווי ער וואָלט געבויט אויף דאָס נײַ איינע פֿון די חורבֿות פֿון ירושלים".

רבֿקה האָט זיך אָפּגעשטעלט לעבן דעם אַלטמאָדישן דעמ־בענעם קאָמאָד, אויף וועלכן זײַנען געלעגן אַ צענדליק ביכער, דאָס רובֿ רוסישע ראָמאַנען פֿון ווערביצקאַ, טאָלסטוי און אַמפֿיטעאַטראָוו, וועלכע רבֿקה האָט געלייענט אין אירע לאַנגע איינזאַמע אָוונטן, ווי אויך עטלעכע סטאַנדאַרטע פּאָטאָס, פֿאַרגלאָזט אין קאַרטאָן־רעמלעך, אַ טייל נאָך פֿון סקווירע און קיִעוו. זי האָט גענומען אין די הענט די פֿאָטאָגראַפֿיע, ווו דאָס פּריש פּאָרלפֿאָלק רבינאָוויטש האָט פּאָזירט אויף עפּעס אַ דרומדיקן הינטערגרונט, אָנגעמאָלט אויף דער וואַנט, – קאַפּע־טישלעך בײַם ברעג־ים און צעצווײַגטע פּאַלמען־ביימער. אינעם צענטער פֿונעם בילד איז געזעסן אויף אַ בענקל זי, רבֿקה, אַ ווײַס־געקליידטע כּלה אין אַן עלעגאַנט היטעלע, מיט אַ דינעם שלייער אויפֿן פּנים, וואָס האָט ניט פֿאַרשטעלט אירע לאַכנדיקע אויגן, און מיט אַ בינטל בלומען אין האַנט. הינטער איר רוקן איז געשטאַנען ער, אַבֿרהם, אָנגעטאָן אין אַ זײַדענעם זשילעט מיט אַ זייגער־קייטעלע אונטער דעם לאַנגן שוואַרצן קיטל. רבֿקה האָט זיך אײַנגעקוקט אין אַבֿרהמס פּנים. צי האָט זי זיך דעמאָלט געקענט פֿאָרשטעלן, אַז דער־אָ מענטש וועט זי מאַכן

אַזוי אומגליקלעך? אַז יאָרן־לאַנג וועט ער אויסמײַדן אירע אויגן מיט זײַן קאַלטן, אָפּגעפֿרעמדטן בליק, האַלטן זי פֿאַר אַ שטיק מעבל אין זייער גאָר רײַכער, אָבער נשמהלאָזער שטוב? אמת, צו יאָסעלע איז ער תּמיד געווען גוטהאַרציק. אָבער זי... אין וואָס איז זי געווען שולדיק? סײַדן אין דעם, אַז זי האָט אַמאָל אין קיִעוו גאָר לײַכטזיניק פֿאַרבעטן איר קוזינע מיטן חתן צו זיי אַהיים אָן זײַן וויסן? און אפֿשר צוליב יענער נסיעה צו איר מאַמען פֿאַר יאָסעלעס געבורט, ווען זי האָט געפֿילט אַז זי ווערט דערשטיקט? צוליב דעם שווײַגט מען אָפּ אַ גאַנץ לעבן, צוליב וועלכע חטאָים? יאָ, זי איז אַ חורבה פֿון ירושלים... און ווער איז ער? אים איז אַלץ דערלויבט? צו קומען אַהיים אין מיטן דער נאַכט צי בכלל אויף מאָרגן. קיינמאָל זיך ניט באַראָטן מיט איר אַפֿילו לגבי די סאַמע קלענסטע זאַכן, הגם דאָס געלט פֿון איר משפּחה האָט ער גוט אויסגענוצט. אָפּצופֿאָרן כמעט יעדן חודש אויף גאָט ווייס וויפֿל טעג און לאָזן איר גאָרנישט וויסן פֿון זײַנע פּלענער... און אַזוי אין משך פֿון יאָרן, ביז דעם לעצטן מאָל...

רבֿקה האָט געפֿילט, אַז זי ווערט צעקאָכט, ווי געוויינטלעך, ווען זי טראַכט וועגן אַבֿרהמען. ער איז דאָך נעבעך שוין אויף דער וועלט וואָס איז כּולו אמת. און כאָטש אַזאַ גורל קומט נישט אַפֿילו אַזאַ מענטש ווי ער, וועט מען שוין דאָרטן פֿאָדערן פֿון אים אַלע ענטפֿערס. זי מוז אים אָפּלאָזן, זי האָט דאָך אַ נײַעם מאַן – אַ גיכער שידוך, אַ שטילער מיטל־יעריקער פּאַרשוין פֿון די פּליטים, אָן מיטלען, אָבער, זעט אויס, אַ גוטער מענטש. וועגן אים מוז זי טראַכטן איצט, און נישט וועגן...

רבֿקה האָט ווידער אַ וואָרף געטאָן דעם בליק אויף דער פֿאָטאָגראַפֿיע אין אירע הענט. אַבֿרהם האָט שטרענג געקוקט אויף איר פֿון אונטער די שווערע ברעמען. זי האָט אָפּגעווענדט איר בליק און פּלוצעם, מיט אַ נערוועזער באַוועגונג, אַ וואָרף געטאָן דאָס בילד אויפֿן דיל און זיך צעוויינט. דאָס גלאָז האָט זיך צעקרישלט אויף קליינע שטיקלעך, וואָס זײַנען זיך צעפֿלויגן איבערן צימער. די איבערגעשראָקענע פֿרוי איז פֿאַר־ציטערט געוואָרן פֿאַר שרעק. קיינער האָט זיך, זעט אויס, ניט אויפֿגעוועקט.

רבֿקה האָט גיך צונויפֿגעזאַמלט די שפּליטערס גלאָז. זי האָט מורא געהאַט ניט אַזוי פֿאַרן צעשנײַדן זיך די פֿינגער, ווי פֿאַר דעם, אַז דער דינסט, בשעתן אויסקערן עס, קאָנען נאָך חלילה קומען אין קאָפּ אַרײַן קרומע געדאַנקען... די־אָ אַלע חדשים זינט אַבֿרהמס נעלם ווערן האָט רבֿקה געהאַלטן אין אײַנריידן זיך אַליין, אַז דאָס איז דאָך גאָטס ווילן, אַז דער מענטש זאָל סוף־סוף אַרויס פֿון איר לעבן, כּדי זי זאָל קענען אָנהייבן אַלץ פֿון דאָס נײַ. איר חתונה די פֿאַרגאַנגענע וואָך האָט איר געגעבן דאָס פֿולע רעכט צו פֿאַרענדיקן מיט איר אַבֿלות, ווידער זיך פֿרייען און הנאָה האָבן פֿון דער ליכטיקער וועלט. אַ חוץ דעם, איז עס געווען גאָר פּראַקטיש, אַז דער זעלבער רבֿ, וואָס האָט זי באַפֿרײַט פֿון איר עגינות, זאָל זי ברענגען צו דער חופּה, ווײַל גיי ווייס, וואָס דערוואַרט אויף איר אין די ווײַטע לענדער. דאָס הויז איז שוין אַרויסגעשטעלט געוואָרן צום פֿאַרקויף און מאָרגן וועלן זיי שוין באַשטעלן די שיפֿסקאַרטעס פֿון שאַנכײַ קיין סאַן־פֿראַנציסקאָ, כּדי צו פֿאַר־

לאָזן אויף אייביק די ווילדע קאַנטן, ווי יעדער אַרום איר האָט שטאַרק געחלומט, און אָנהייבן אַ ניַי לייַטיש לעבן.

רבֿקה האָט שוין איַינגעפּאַקט כּמעט אַלץ, וואָס ס'האָט געהאַט עפּעס ווערט פֿאַר איר צוקונפֿטיקן לעבן. היַינט איז זי עטלעכע מאָל אַרומגעגאַנגען אַלע צימערן – דעם זונס אַלקער, די שלאָפֿצימערן, אַבֿרהמס אַרבעטס־קאַבינעט, דעם גאַרדעראָב, די דינסט־קאַמער הינטער דער קיך, די זאַלע אד"ג, געעפֿנט אַלע טירן און טירלעך און אַרויסגערוקט אַלע שופֿלאָדן.

די שמאָלע טרעפּ אין דער פֿאָרשטוב האָבן געפֿירט אין קעלער אַריַין. ס'איז געווען כּדאַי אַ קוק צו טאָן אויף דאָרטן. אַבֿרהם האָט געהאַלטן אינעם קעלער פֿאַרשיידענע מינים האָב־און־גוטס, וואָס ער איז קיינמאָל ניט געווען גרייט אַוועקוואַרפֿן. רבֿקה האָט אָנגעצונדן אַ לעמפּל, אַריַינגעאָטעמט אַ פֿולע ברוסט לופֿט, און, צובייגנדיק דעם קאָפּ, זיך אַראָפּגעלאָזט מיט די שמאָלע טרעפּ. הינטער אַ קליין הילצערן טירל האָט געשמעקט מיט פֿוילקייט. רבֿקהס בליק האָט געבלאָנדזשעט אין האַלב־פֿינצטערניש, אַרויסגעכאַפּט אַלטע פֿעסער, גלעזערנע פֿלעשער, צעקרימטע וואַליזקעס, פֿערדישע לייצעס... פֿון דער סטעליע־ברעט, ממש אין מיטן פֿונעם קעלער איז אַראָפּגעהאָנגען אַ לעדערנע טאָרבע, פֿון יענע, וואָס מע טשעפּעט צו צו פֿערד־זאָטלען. רבֿקה, זיַיענדיק אין קעלער מיט אַ פּאָר טעג צוריק, האָט די טאָרבע דאָ ניט געזען. זי איז צוגעגאַנגען נענטער און אָנגעטאַפּט די זאַך. די טאָרבע איז געווען אָנגעשטאָפּט מיט עפּעס שווערס. רבֿקה האָט צוגעשלעפּט אַ נידעריק בענקעלע, אַרויפֿגעגאַנגען דערויף און אַריַינגעשטעקט איר האַנט פֿון

אויבן. זי האָט אָנגעטאַפּט אינעווייניק און אַרויסגענומען אַ פֿולע זשמעניע וואָגיקע מטבעות. איבעראַשט פֿונעם געפֿינס, איז זי שיִער ניט אַראָפּגעפֿאַלן פֿונעם בענקעלע...

דאָס גאַנצע הויז איז געשלאָפֿן ווי פֿריִער. רבֿקה האָט זיך צוגעזעצט צום קיך־טיש און צעעפֿנט די דלאָניע. גאָלדענע צאַרישע טשערוואָנצעס און אימפּעריאַלן... און אינצווישן אַ קרום אָפּגעריסן שטיקל פּאַפּיר מיט דעם באַקאַנטן כּתבֿ. ס'איז איר געוואָרן פֿינצטער אין די אויגן. מיט ליימענע פֿיס איז זי צוגעגאַנגען צום קריגל וואַסער, אָנגעגאָסן אַ גלאָז און עס אויסגעטרונקען מיט איין שלונג. ס'איז איר געווען שווער צו אָטעמען. זי האָט זיך ווידער אַנידערגעזעצט און צעגלעט דאָס צעטעלע. מיט קליינטשיקע אותיות האָט איר פֿאַרשטאָרבענער מאַן אָנגעפּאַטשקעט קורץ ווי גאָרנישט געשען, ווי זיי וואָלטן זיך נעכטן צעשיידט: „מאָנטיק באַלד נאָך דער שקיעה אונטער דעם ערשטן סעמאַפֿאָר בײַ דער סטאַנציע". און אונטערגעשריבן אויף זײַן געוויינטלעכן אופֿן: א'. גאָטעניו, ער לעבט? ס'קען נישט זײַן! ווען איז ער געווען דאָ? פֿאַרוואָס האָט ער איר ניט געגעבן קיין סימן? צי ווייסט ער פֿון איר חתונה? וואָס פֿאַראַ געלט איז דאָס? די אַלע פֿראַגעס זײַנען אַדורכגעפֿלויגן אין רבֿקהס בידנעם קאָפּ און געמאַכט זי נאָך מער נעבעכדיק. הײַנט איז געווען זונטיק. הייסט עס, מאָרגן וועט זי דערזען דעם „טויטן"...

אויף מאָרגן האָט רבֿקה געמאַכט זיך אַ קראַנקע און געבליבן ליגן אין בעט. זי האָט אויסגעזען בלײַך און געקוקט שעהען־לאַנג אין איין ריכטונג. נענטער צום אָוונט איז זי

אויפֿגעשטאַנען און געמאָלדן, אַז זי פֿילט זיך שוין אַ ביסל בעסער און גייט אַרויס זיך אַדורכלופֿטערן. מיט אַ שווערן געמיט איז זי געגאַנגען צו דער סטאַנציע. אין אַ פּאָר הונדערט מעטער פֿון דער וואָקזאַל־געבײַדע האָבן די אײַזנבאַן־רעלסן זיך צונויפֿגעגאָסן אין איין ליניע. די אָפּפֿאָרנדיקע באַנען פֿלעגן דאָ וואַרטן אויף אַ גרינעם ליכט פֿונעם סעמאַפֿאָר. איצט אָבער איז קיין באַן ניט געווען דאָ, און אויך דער סעמאַפֿאָר איז געשטאַנען דומם.

רבֿקה איז אַריבער די רעלסן און זיך שווערלעך געלאָזט גיין איבער די שפּאַלן צום סעמאַפֿאָר. קיין שום אַנדער צוגאַנג אַהין איז נישט געווען, און אַבֿרהם האָט זיכער געוווּסט דערפֿון. זי האָט זיך אײַנגעקוקט אין די נאַכט־שאָטנס, אָבער די געדיכטע פֿינצטערניש און די צעשפּרייטע סאָסנע־צווײַגן פֿון די ביידע זײַטן פֿונעם אײַזנבאַן־וועג האָבן פֿאַרשטעלט פֿון איר די אַרומיקע וועלט. זי האָט דערגרייכט דעם סעמאַפֿאָר־סלופּ און זיך אָפּגעשטעלט. עס האָט זיך קוים געהערט דער ווײַטער פֿאַרטויבטער רעש פֿון דער שטאָט. דאָ איז געווען שטיל, ביז די קליינע שטיינדעלעך בײַם אײַזנבאַן־וועג האָבן אויסגעגעבן עמעצנס אײַלנדיקע טריט. אַ רגע – און עס האָט זיך פֿון דער פֿינצטערניש אויסגעשיילט אַ געגאָלט פּנים אין אַ ברייטן אײַזנ־באַן־קעפּי... רבֿקה האָט באַלד דערקענט „איר" אַבֿרהמען.

– טאַטע מײַנער, ווו איז דײַן באָרד, אַבֿרהם? – האָט זי געפֿרעגט איבערגעשראָקן.

– בעסער אַ ייִד אָן אַ באָרד... – האָט אָנגעהויבן דער מענטש מיט אַ ניגון און פּלוצעם איבערגעריסן. – נישטאָ מער

קיין אַבֿרהם. רוף מיך לעוו. איך ווייס, דו פֿאָרסט קיין שאַנכײַ. נעם דאָס געלט מיט זיך, כ'וועל דיך שוין טרעפֿן דאָרטן.

– אַבֿרהם־סערצע, צי ווייסטו ניש', אַז איך האָב דיך גע־האַלטן פֿאַר אַ טויטן און אַז איך האָב לעצטנס חתונה געהאַט?

– דאָס איז טאַקע גוט, מע זאָל ווײַטער האַלטן מיך פֿאַר אַ טויטן. קיין איין נפֿש טאָר ניש' וויסן, אַז איך בין חי־וקיים. כ'ווייס, דער רבי האָט דיך באַפֿרײַט. דאָך איז די חתונה גוט פֿאַר אונדז אויכעט...

– וואָס פלאַפּלסטו, אַבֿרהם? די חתונה איז גוט? וואָס זאָל איך טאָן איצטער, ווען דו'סט ניש' טויט ניש' לעבעדיק?

– צי ווילסטו מײַן טויט, רבֿקה?

– חלילה, אַבֿרהם, כ'בין תּמיד געווען דײַן געטרײַ ווײַב, אַפֿילו...

– אַפֿילו וואָס?

– אַפֿילו ווען דו האָסט ניש' געגעבן קיין לעבעדיקן סימן במשך פֿון גאַנצע חדשים! כ'האָב געוואַרטן, גאָט איז דער טאַטע, אָבער אַלע עדות האָבן געזאָגט, אַז מע האָט דיך, זײַ מוחל, געהרגעט!

– כ'האָב ניש' געקאָנט, ווילדע מענטשן רודפֿן מיך טאָג און נאַכט, אַלץ האָט געדאַרפֿט אויסזען גאַנץ נאַטירלעך.

– הייסט עס, האָסט געקאָנט אָפּשטעלן די חתונה און ... גאָרנישט?

– מע האָט געשפּירט נאָך דיר, רבֿקה, די גאַנצע צײַט, ביז דײַן חופּה ממש! אַ ברירה האָב איך געהאַט?

– און וואָס איז מיט מיר? וואָס זאָל איך טון? איך מוז זיך

גטן איצט פֿון אײַך בײדן! ווי גיי איך איצט צוריק אַהיים? כ׳טאָר ניש׳ זײַן מיט אים, כ׳טאָר ניש׳ זײַן מיט דיר! רבונו של עולם!

רבֿקה האָט פֿאַרשטעלט אירע אויגן מיט די הענט און אָנגעהויבן שטילערהייט כליפּען. אַבֿרהם איז געשטאַנען אַנטקעגן און געסאָפּעט ווי אַ באַליידיקט קינד. נאָך אַ מינוט־צוויי האָבן זיי דערהערט אַ פֿײַף פֿון אַ לאָקאָמאָטיוו.

– כ׳מוז גיין, רבֿקה. ווען עמעצער דערזעט מיך, איז עס מײַן סוף. כ׳וועל דיך געפֿינען אין שאַנכײַ. פֿאַרשטייסט?

– כ׳פֿאַרשטיי. – רבֿקה האָט אויפֿגעהערט כליפּען און איבערגעחזרט זײַנע ווערטער ווי אַ ווידערקול: „איז עס מײַן סוף".

אַ ווײַט ליכט פֿון אַ באַן האָט צעטריבן דאָס פֿינצטערניש. אין דער זעלבער צײַט האָט דער סעמאַפֿאָר, וואָס האָט ביז אַהער זיך געהעכערט אויף אַ דראָנג איבער זייערע קעפּ ווי אַ תּליה, זיך אומגעקערט צום לעבן און באַגאָסן די גאַנצע סבֿיבֿה מיט רויטס. אַבֿרהם איז שוין נישט געווען דאָרטן. רבֿקה איז געבליבן שטיין אויף די שפּאַלן איינע אַליין אינעם בלוטיק רויטן ליכט. וואָס טוט מען? ווי קאָן זי פֿאַרשעמען דעם האַרציקן רבי דײַנאָ, וואָס האָט זיך אַזוי מטריח געווען מיטן היתּר און דערנאָך געפֿירט זי צו חופּה־קידושין! קיין גט פֿון אַבֿרהם, וואָס איז אָפֿיציעל טויט דורך אירע באַמיִונגען, וועט זי אַוודאי ניט אַרויסבאַקומען. „רוף מיך לעוו". אַ סמוטנע דערמאָנונג אין עפּעס וואָס זי האָט געלייענט אין די רוסישע ביכלעך האָט איבערגעריסן אירע געדאַנקען. די רויטע באַלויכטונג האָט זיך געביטן אויף אַ גרינע. מע האָט שוין געקענט זען די באַן.

אחרית דבר

אַ יאָר פֿינף שפעטער

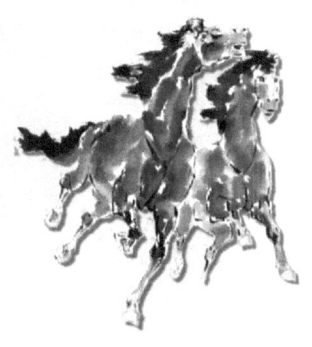

דער הויפּט־רבֿ פֿון כאַרבין הרבֿ אַהרן־משה קיסין איז געזעסן אין זײַן באַשיידענער דירה בײַ דער שיל אויף אַרטילערייסקאַ־גאַס. צום גאָט־ווייסט־וויפֿלטן מאָל האָט ער איבערגעקוקט זײַנע שו"תים, וואָס זײַנען געווען שוין גרייט צום דרוק. במשך פֿון אָנדערהאַלבן צענדליק יאָר פֿון זײַן רבנות דאָ אין מאַנזשוריע און נאָך אַ יאָרצענדליק אין באָריסאָוו פֿאַר דעם, האָט ער געפּסקנט אַ סך וויכטיקע פּסקים, מיט וועלכע ער האָט געוואָלט זיך טיילן מיט אַנדערע. דאָס לעבן אויף דעם ווײַטן מזרח, אָפּגעזונדערט פֿון די תּורה־צענטערס אין רוסלאַנד און פּוילן איז אים ניט געווען גרינג. ער האָט זיך צו מאָל געפֿילט ווי דער לעצטער פֿון די שומרי־החומה, וואָס שטייט מיט גאָלע הענט אַנטקעגן אַ גוואַלדיק גרויסן ים, וואָס גייט אָפּווישן פֿון דער ערד זײַן קליינעם שבֿט. און דאָך וועט ער ווײַטער שטיין, צוזאַמען מיט דער נישטיקער צאָל לומדי־תּורה און נאָך ווייניקער צעירי־ישׂראל, וואָס גיבן אָפּ זייער צײַט דעם גרויסן

תּלמוד און זײַנע מפֿרשים. זײַן ספֿר וועט ער אָנרופֿן מיטן נאָמען: „משברי ים", ווײַל עס האָבן שוין פֿאַרגליכן אונדזערע חכמים דעם גרויסן תּלמוד מיט דעם גרויסן רחבֿותדיקן ים, אין וועלכן עס קאָנען שווימען נאָר יענע, וואָס זייערע הענט זײַנען שוין צוגעוווינט צו די שטורמישע כוואַליעס. און טאָמער וועט זײַן ספֿר צוגעבן כּוחות די שווימערס, וועט עס זײַן גאָר אַ שיינער שׂכר.

הרבֿ קיסין האָט געבלעטערט די זײַטלעך, פֿאַרפֿילט מיט אַקוראַטע אותיות. מע מוז דורכקאָנטראָלירן יעדעס פּינטעלע פֿאַרן אָפּשיקן דעם כּתבֿ־יד מיטן גבאי צום דרוקער. פֿאַר דעם רבֿס אויגן זײַנען אַדורך די אַמאָליקע ענינים – קהלישע, משפּחהדיקע, ממונישע. זײַן בליק האָט זיך פֿאַרזאַמט אויף דער שאלה פֿון אַ רבֿ פֿון דער סטאַנציע מאַנזשוריע מיט אַ יאָר פֿינף צוריק. הרבֿ קיסין האָט גוט געדענקט יענעם יונגן רבֿ, וואָס האָט זיך פּלוצעם אַנטוישט אינעם לעבן דאָ אין אויסרײַסעניש און איז אַוועק מיט דער גאַנצער משפּחה קיין אַמעריקע. די שאלה איז געווען לגבי איין עגונה, וואָס האָט געפֿאָדערט אַ גיכן ענטפֿער. אין זײַן תּשובֿה האָט הרבֿ קיסין באַהאַנדלט אַלע עדותן און פֿאַקטן, וואָס מע האָט אים צוגעשיקט פֿון מאַנזשוריע, און למעשׂה אונטערגעשטיצט דעם צד פֿון זײַן יונגן קאָלעגע צו באַפֿרײַען פֿון עגינות די אָרעמע פֿרוי, וואָס איר מאַן איז אַזוי טראַגיש אומגעקומען ערגעץ אין מאָנגאָליע. עפּעס אַ ניט אײַנגענעמער געפֿיל אין שײַכות מיט דעם־אָ ענין איז אַרויסגעשווומען אויף אַ רגע אין זײַן קאָפּ. האַלטנדיק זײַן גרויע באָרד מיט איין האַנט, האָט

הרבֿ קיסין איבערגעלייענט די לעצטע שורות פֿון זײַן תּשובֿה, וואָס האָט אויסגעזען אַ ביסל נעפּלדיק:

רש"י טײַטשט אויף אַזאַ פֿאַל: „אם הי' חי הי' בא – אויב ער וואָלט געווען בײַם לעבן, וואָלט ער זיכער צוריקגעקומען". אַפֿילו אויב טאָמאַשינסקי האָט געפֿרעגט דער ערשטער לגבי רבינאָוויטשן, און שוין דערנאָך האָט דער גוי אים דערציילט דאָס, וואָס ער האָט געהערט, אויך דעמאָלט איז דאָ דער יסוד צו פֿאַרפּשוטן דעם דין, ווײַל דער גוי האָט גאָרנישט געוווּסט פֿון דער קושיה צו באַפֿרײַען אַן עגונה. אין אַזאַ פֿאַל אָבער מוז מען פּרטימדיק באַהאַנדלען דעם ענין און מי שכוחו יפה להכריע יכריע – ווער ס'האָט דאָס רעכט אַרויסצוגעבן דעם פּסק, דער וועט פּסקענען".

דער רבֿ האָט אויף אַ ווײַלע צוגעמאַכט די אויגן, דערנאָך אַ טרייסל געטאָן מיטן קאָפּ, צוגערוקט צו זיך דאָס טינטערל און מיט אַ פֿעסטער האַנט אַרײַנגעשריבן:

„איני אומר בזה לא איסור ולא היתר וד' ינחני בדרך אמת – דערמיט זאָג איך נישט קיין איסור און נישט קיין היתּר און זאָל דער אייבערשטער מיך פֿירן מיטן וועג פֿון אמת".

תּם־ונשלם

די אָפּגעשטויסטענע

Berl Kotlerman

Forsaken

A thriller story
from far away countries,
which took place a hundred
years ago

New York ● London
2019